表現力を磨く

よくわかる「写真俳句」

上達のポイント

森村誠一 作品協力
写真俳句連絡協議会会長
中村廣幸 監修

写真俳句による人生の記録

記録手段には、まず絵や彫刻があり、言葉が生まれ、言葉から文字を派生して、カメラやテープの発明により映像と音のコピーが可能になった。文字や絵は記録者の主観によってデフォルメされるが、映像や音はオリジナルを、おおむね忠実にコピーする。

記録を保つということは、人間が動物と大いに異なるところである。動物も発声するが、現在の状態しか表現できず、人間のように過去、未来を表わすことはできない。動物には過去の記録も、未来の計画もない。冬を前にして、食物を蓄えるぐらいがせいぜい未来に対する備えであり、それも声に出して表現はしない。人間はさまざまな表現手段によって過去を記録し、未来の設計図を描く。

俳句は表現手段の一つであるが、ディテールを尽くした過去の記録や未来の設計とは言い難い。俳句は凝縮の芸術であり、歴史の年表や、各種白書や、リポートや、予定表や、設計図には向かない。知識や情報の集積ではなく、情緒の凝集といってもよい。

「夏草や兵どもがゆめの跡」や「荒海や佐渡に横たふ天の川」のように、膨大な歴史が凝集されていても、そこにはディテールの記録はない。歴史の情緒が凝集されているのである。

俳人の作品にその人生が凝集されているとしても、生年月日や享年、人生の軌跡が精密に記録されているわけではない。だが、俳人にとって俳句に勝る人生の記録はない。俳句に限らず、作者にとっては作品がその人生の軌跡であり、記録である。

写真俳句によって撮影月日を写し込めるようになり、俳句の成立月日が近似値的に記録できるようになった。作句したときの作者の句境や環境がビジュアルに表現され、読者によりビビッドに迫ってくる。

人生とは、一人一人の繰り返しのきかない貴重な試みである。それを有意義にするも無意味にするも本人の生き方次第であるが、どんなつまらないように見える人生でも、それぞれのドラマがある。そのドラマを記録しなければ、本人自身も忘れてしまい、本人がこの世に生まれ、存在した事実すら消えてしまう。文字通りの無意味になる。

自分史を書くためには、大量の文字を必要とするが、俳句に人生を凝縮すれば、十七文字で人生を記録できる。これに写真を添えれば、主観性の強い俳句に客観性を添えて、記録としての価値は相乗効果を発揮するであろう。

俳句が一句ということはない。一句つくれば数句が出てくる。自分の人生の記録のためであれば、凡句であっても一向にかまわない。本来、俳句とは日常から発した芸術である。むしろ日常の芸術的凝集こそ、俳句の生命であろう。

自分の人生を情緒的に凝縮しようとするところから、俳句による人生の集約が始まる。十七文字による人生の情緒的集大成、生涯の一句、これが俳句の世界であり、一茶風に言うならば、「これがまあ終の一句か花の夢」である。花はそれぞれの人生に照らし合わせて、虹や雲や旅や蟻や、その他季語に置き換えてもよい。無季語でもよい。人生の軌跡そのものが季語になっている。

写真俳句は日常から始まる。

森村誠一

目次

第四章　写真俳句の撮り方

第五章　写真俳句のたのしみ方

編集／株式会社ギグ、カメラ／上重泰秀、
ＤＴＰデザイン／居山勝

第一章

写真俳句の魅力

写真俳句はいつでも、誰でも簡単にはじめることができます。写真俳句の提唱者であり、作家の森村誠一は、「十七文字と写真に、自分の人生を情緒的に凝縮できる」といいます。本章では過去に発表された森村作品とエッセイで写真俳句の魅力に迫ってみましょう。

「ようこそ写真俳句の世界へ」

もともと歌人か詩人になりたいと願っていた私は、小説を書くようになってから、角川春樹氏や横山白虹氏の影響を受けて俳句を詠《よ》むようになった。わずかな核《コア》から、雲のように作品世界を脹《ふく》らます小説と異なり、俳句は悠久の歴史や壮大な世界を十七文字に凝縮する。小説とは正反対の極致にある。

あらゆる創作のジャンルにおいて、受取り手がいなければ創作物は存在しない。文芸には読者、美術には鑑賞者、音楽には聴衆、映像、演劇には観客がいて、初めて作者や製作者や役者が表現したものが存在するのである。受取り手なき表現は、表現たり得ない。

たとえば不朽の名作が、作者以外はいない無人島で創作され、作者の死亡と共にだれにも見られることなく滅失したとすれば、作者も作品も存在しなかったのと同じである。社会における表現はすべて受取り手を伴ってこそ表現たり得る。

だが、芸術諸分野においては、受取り手が作品にどんなに感動しても、簡単に受取り手から作家に変わることは難しい。

ところが、芸術諸分野の中で、特に文芸の俳句においては、読者から作家に最も簡単になれる。だれでも五七五音を詠むことによって作者になれる。突然、芭蕉や子規のような名句が詠めるわけではないが、凡句ではあっても俳句であることに変わりない。

わずか十七文字で、作者が生きている世界、作品宇宙を切り取り、凝

縮するだけに、俳句の奥行きは深い。数千枚を擁する大長編を十七文字に凝縮できる芸は、俳句だけである。それだけに秀句と凡句の差は著しい。読者から作家に最も簡単になれても、感性と才能に恵まれなければ、なかなか秀句は詠めない。

だが、落胆することはない。凡句を積み重ねているうちに秀句を収穫できるようになる。ビッグネームの俳人にも凡句は多い。死屍累々《ししるいるい》たる凡句の上に秀句が輝いているといってもよい。

俳句は凝縮の文芸であるだけに、俳句を始めると、ものの見方が深くなる。毎日見馴れている平凡な風景や、出逢いや四季の移ろいなども、俳句を通して眺めるとき、特別の風合《ふうあい》を帯びる。俳句と親しむようになってから、世界がより深く、広くなったような気がした。

「俳句前」には見過ごしていたような風景や出逢いに、これは俳句になるという予感を持つようになる。この瞬間はまだどんな俳句に実るかわからない。ただ、予感が走るだけである。

私は散歩の都度持ち歩いているデジタルカメラで、予感が走った光景を撮影するようになった。後で撮影した影像をじっくりと観察している間に俳句が生まれる。時には俳句が閃《ひらめ》いてから撮影することもある。

いつの間にか私の俳句と写真はセットのようになってしまった。趣味で詠んでいた俳句を、ホームページに写真と共に掲載してみた。すると、なんということはない句が写真とワンセットになると、意外に面白いことを発見した。同時に凡写が俳句に侍《はべ》ると、これまた意外に精彩を帯びる。写真と俳句がそれぞれ相補い、一体となって独特の写真俳句世界を表現した。

複雑な器材や付属品はいっさい使用しない。小型のデジカメだけである。

写真もカメラを持つことによって、受取り手から簡単に写真作家となれる。俳句にも写真にも素人が、この両者をセットにして、合わせて一本の秀句名写真をものにできるかもしれない。「歳時記」や俳句誌に写真が挿入されていることがあるが、あくまで俳句主、写真従である。私は、俳写同格、一句ワンショットに対置した。

私はデジカメを手に俳句をひねりながら、人生の大きな表現の楽しみを発見したとおもっている。写真俳句は私にとって新しい表現の発見であった。

十七文字の広大な世界

俳句を一言にして定義するとすれば、抽象性の極致にある文芸である。俳句は節約文学などと称されることもあるが、言葉を節約すること自体は俳句の目的ではなく、抽象の結果である。

言葉、すなわち表現の抽象化が進めば進むほど、少ない言葉で、より広い意味を包含することができる。歴史（時間）、広大な世界（空間）もわずか一言によって表現される芸である。

言葉の抽象化とは、具体的な言葉から、より抽象的な言葉へと、言葉の階段を上ることである。犬を例に取れば、その飼育目的別に、牧羊犬、愛玩犬、盲導犬《アイメイト》、軍用犬、警察犬、闘犬、猟犬、救助犬、輓曳《ばんえい》犬（物をひく）、番犬などがある。これを共通項で一歩、抽象化を進めると、使役サービス犬となるであろう。これをさらに抽象化の階段を上りつづけ

ると、犬↓動物↓生物などということになるであろう。動物や生物となれば、ただの一語によって犬や猿や、熊やライオンや、さらに人間やプランクトンまでも含む。これが抽象のステップアップである。

季語の発明によって、ほぼ外界のサンプルが採り入れられ、四季が一言にして表現されるようになった。

まず、俳句になりそうな世界（句境）が目に入る。それをそのまま表現しようとすれば、多くの言葉を使わなければならない。それを十七文字に凝縮するためには、言葉の抽象化の練習を日ごろから積み重ねておく。それほど難しいことではない。抽象の階段を上る訓練をしていれば、おのずから身につくようになる。

この訓練は句境を凝縮するので、目に映るものを深く見る癖が心身についてくる。「夏草」や「天の川」や、かぐわしい花の香りや紅葉なども俳句に結びつけなければ、単なる風景を構成する一環となってしまう。俳句と結びついて悠久の歴史や深遠な心理描写が可能となる。言葉の抽象化ということは表現を凝縮して考えるということである。

感性がものを言うが、感性を訓練がかなり補ってくれる。たとえば空を染める残照を、「赤い夕陽に染められている」と表現するのは浅い。屈辱に胸をえぐられている人の心理に託して、「心の奥から流れ出した血によって染められているような夕映え」とでも表現すれば句境となる。この表現をさらに煮つめていくのが俳句の芸である。

暮れ残る光の破片《かけら》胸にあり

花

客去りて
花びらのある
席を取り

行きつけのカフェでうまいコーヒーを一喫する。人生の至福の瞬間である。私にとってうまいコーヒーとは、苦み系の煎りの濃い熱いコーヒーである。

さらにミルクはコーヒーの上に浮かぶ程度の脂肪分四十パーセント以上。砂糖はペルーシュと呼ばれるブロック、できればブラウンがよい。器はロイヤルコペンハーゲンか、ウエッジウッド、あるいはリモージュ、日本ならばノリタケの名器。

外の景色が雨に靄《もや》っていれば言うことはない。梅雨模様の柔らかい雨は、コーヒーによく合うような気がする。そして店には顔馴染のマスターがいて、私の好みをよく知っている。

最近流行の薄利多売のチェーンカフェも悪くない。せわしなく落ち着きはないが、このタイプの店のカプチーノやエスプレッソは意外にうまい。エスプレッソは量が少なくて冷めやすいが、シングルでも熱くして出してくれる。

そして、なによりも集まって来る人間が面白い。

特に朝のカフェの人たちが面白い。サンドイッチをカプチーノで飲み下して、そそくさと出勤して行くサラリーマンやOLのかたわらで、リタイアしたらしい年輩の人が、悠々とスポーツ新聞を読んでいる。古きよき喫茶店にはない人間模様が渦を巻いている。

ある春の午後、行きつけの店の指定席に、若い美しい先客がいた。手前勝手な指定席であるが、坐りつけた席でないとなんとなく落ち着かない。先客が立ち去るのを待っていると、間もなくその席が空いた。

早速坐ろうとして、私はおもわず目を見張った。私の指定席に一ひらの桜の花びらが落ちていた。先客が身につけて、その席に運んで来たらしい。満開の桜の下、花吹雪を浴びて歩いて来た女性の姿を想像した。女性客が立って行ったばかりの席には、彼女の温もりが残っていた。

客去りて温もり残る席を取り

咄嗟《とっさ》に一句、口から出た。だが、「温もり」よりは「花びら」の方が勝っているような気がした。

私は彼女が残していった花びらを大切に保存した。その翳《かげ》のあるイメージと、旅の途上、ふと立ち寄ったような彼女のその後の人生を想像してしまう。行きつけの店のみならず、旅先のカフェに立ち寄る都度、空席につい花びらを探すのである。

花

凛として
木枯らしに立つ
寒椿

木枯しの季節は花にとって受難期である。風に水分をさらわれ、せっかくの花びらをむしり取られる。花は風よりも、光や霧雨や朧月《おぼろづき》が似合う。

冷たい北風に逆らって歩いているときは、人は目を伏せ、身体を縮めて、花など見る余裕はない。朧月に樹形を烟《けぶ》らせ、あるともなしの風に乗って舞い落ちてくる花の風情など、虎落笛《もがりぶえ》の寂しい木枯しの季節には一片もない。

花鳥風月を愛する粋人《すいじん》にも、辛い季節である。だが、この冷たい木枯しに抗して、凛然《りんぜん》と咲く寒椿がある。早咲きの椿に春の気配を問うても、返事はない。

本来は春の使者なのであろうが、むしろ冬に根づいているように、木枯しと同格、いや、むしろ木枯しを従えて咲き誇る姿は、凛として気品がある。困難に向かい合ったとき、真価を発揮する見本のように、寒椿は木枯しに向かい立つ。

木枯しの中、背中を丸め、俯《うつむ》いて歩いていた私は、寒椿に出逢うと、姿勢をしゃんと立て直し、面《おもて》を上げる。そんなとき、木枯しに向かい合っているのではなく、寒椿と競い合っているような気がする。

春になり、桜にその位置を譲っても、寒椿は冬将軍の重要な戦力のように最後まで頑張っている。桜とちがって花びらは散らず、花ごと首から折れる。武士が嫌ったというが、刀折れ、矢尽きるまで戦った武士の最期のようである。

あくまでも空の蒼さや寒椿

行き迷う路地の標《しるべ》や寒椿

街毎に姿勢を正す寒椿

水

母と子の
一瞬を乗せ
水光る

飛騨古川《ふるかわ》の生活用水に沿って歩いた。清冽《せいれつ》な用水の流れに、色とりどりの鯉が鮮やかな色彩を溶いていた。鯉影を追ってのんびりと歩く。用水に沿って神社があり、白い壁がつづき、各家の裏窓が覗いている。

鯉影に異形の影が映って目を凝らすと、自分の影である。隣りの高山《たかやま》の陰に隠れて観光客の数も少なく、用水沿いに人影はない。

しばらく行くと用水が折れ曲がり、母子連れが川面を覗き込んでいた。かたわらに自転車がスタンドに乗って立っている。

母が子を乗せて連れて来たのであろう。若い母は幼な子に向かって、しきりに鯉を指さしている。一瞬、多彩な鯉を溶いた水が光った。ほほえましい光景であった。

私の幼いころの母親をおもいだした。弱気で一人で学校に行けない私に、母は通りかかる近所の子供を捕まえては、五銭（いまの百円ぐらい）をあたえて、私を学校まで連れて行ってくれるように頼んだ。

私が角を曲がっても、母はしばらく心配そうに私を見送っている。角を曲がって数歩行ってから引き返して我が家の方角を見ると、まだ母が門の前にたたずんでいた。そんなことを二、三回繰り返す。

私はそれが恥ずかしく、母に何度も手で家の中に引っ込めと合図したが、引っ込まない。母は八十七歳まで生きたが、私の瞼《まぶた》には、門前で心配そうに見送ってくれていた若いころの母の面影が焼きついて離れない。おそらく母の目にも、一人で登校できなかった幼いころの私の姿が刻み込まれていたにちがいない。

母と子のそのような交流は一瞬である。私はその一瞬をシャッターに切り取った。

ありし日の小言《こごと》なつかし母の日や

街

その角を
曲がれば
風の香る街

街角が好きである。歩き慣れた街角も好きであるが、未知の街角の方が面白い。街角を曲がった途端、未知の風景と人の生活がある。整然と整備された街角よりも、路地が錯綜《さくそう》した複雑な街角の方が、住人の体臭が濃いようである。

生活のにおいが街のにおいとなった街角には、高級住宅街にはない人生の溜息が聞こえる。行きずりの街角に魅力的な店構えを見つけて、つい立ち寄ってしまう。ドアを開けば、そこは異空間である。

『緑のドア』という小説があった。

主人公が街角に見つけた緑のドアを開いて入ると、そこは実に魅力的な店であった。主人公はとても満足して店から出て来た。その店の愉しい一時が忘れられず、主人公は翌日、また同じ街角へ行く。だが、いくら探しても緑のドアはない。近所の住人に尋ねると、この街にそのような緑のドアの店はないと言う。

主人公が経験した緑のドアは幻覚であったのか。だが、彼はたしかに緑のドアを押して店内に入り、酒を飲み、マスターや居合わせた客たちと愉しい会話を交わしたのである。

緑のドアの主人公のように、街角を曲がると、まったく未知の世界が開けるような気がする。

どんな平凡な街角にも、そんな夢がある。それは決して戦場にはない夢である。

緑のドアとセットになったような映画があった。あるヨーロッパの古い町に住む老女は、毎日タクシーに乗ってデパートに買物に行くのを愉しみにしていた。その町が戦場となってしまった。市街戦が繰り広げられ、銃火が交わされて、砲弾が炸裂《さくれつ》した。老女は唯一の愉しみを奪われて、嘆き悲しんだ。

これを可哀想におもった市当局は敵に申し入れ、一日だけ、町の一隅を休戦地帯にしてもらってデパートを開店し、老女の家にタクシーを送った。

老女は嬉々《きき》として〝一日タクシー〟に乗り、〝一日デパート〟に行って買物をしたという。戦場の真ん中につくられた平和であった。

私はふとおもった。その戦争も映画のためにつくられた戦争であり、老女は平和の中に生きている俳優である。つまり、平和の中につくられた戦争であり、さらにその中につくられた平和である。

だが、観客はその映画に感動した。戦場と街角の落差が感動させたのである。

街

功成りて街の墓石や天高し

超高層ビルが林立する風景は墓石のように見える。

功成り名遂げた人々の墓石が、生前の実績を競い合っているようである。墓石となってしまえば、高かろうと低かろうと本人はなにも知らないのであるから、無用の長物の競い合いである。

墓を残せる者は幸せである。この巨大な墓は野心を背負って上京しながら挫折した人々の累々たる死屍を踏まえている。

都会は人間のあらゆる欲望を収納するきらめく容器である。都会には人間のどんな野心や欲望も叶《かな》えるものが詰まっている。だが、目に見えていながら、欲望の対象との間は拒絶的な透明な壁が隔てている。

チャンスに恵まれた者だけが、その透明な壁を通り抜けることができる。チャンスと同時に危険も多い。チャンスを得る前に危険につかまってしまった者の方が圧倒的に多い。それでもなお、この美しい巨大な容器は人を惹《ひ》きつけてやまない。

新宿西口にある中央公園から妍《けん》を競う超高層ビル群を眺めると、さながら都市の墓場である。

朝陽や夕陽を浴びてきらめき立つ超高層ビル群は、どんな審美眼のない者も人工美を否定できなくなるであろう。超高層ビル群が都会の墓地であるとしても、最も美しい墓地であるにちがいない。

だが、私はそこに葬られたいとはおもわない。

ホームレスの取材をしたとき、中央公園で賞味期限の切れた〝可食物〟を囲んで酒宴をしているホームレスの一群を見つけた。満楼に灯火を競う超高層ビルを借景に、その麓《ふもと》で酒宴をしているホームレスのグループが、とても豪勢に見えた。

彼らはドロップアウトはしたが、死屍ではない。超高層ビルの麓でどっこい生きている。彼らを決して羨《うらや》ましいとはおもわなかったが、この世の責任や義務ときっぱり絶縁した彼らの人生も、選択肢の一つであろうとおもった。

好きでホームレスになったわけではあるまいが、人生の始発駅に戻れるものであれば、可能性の一つに加えてもいいような気がする。

食

買い迷う
老女商う
柚タルト

旅先での味は、旅の愉しみの重要な要素である。所変われば味も変わる。最近はどこへ行っても画一的なファーストフードや飲み物があって興ざめであるが、探せばけっこう土地のうまい味がある。

松江や金沢のような城下町で、お殿様が茶人であった土地にはうまい菓子がある。また高山のように、高い山に囲まれた土地柄では自給自足経済が発達し、独特の郷菓や地酒や果物や牛肉まで、すべて自分の土地で賄《まかな》えるようになっている。

同じ菓子でもいわれがあるのとないのとでは大いにちがう。ただの駄菓子でも、故事来歴がつくと、俄然《がぜん》格が上がる。血統書付の犬のようなものである。

編集者からいただいた羊羹をなにげなく食っていたが、菓子折りにつけられた店主敬白に面白い話が書いてあった。前田利家が秀吉に羊羹を振る舞われ、「どうだ、お犬（利家の幼名）。金沢にはこんなうまい羊羹はないだろう」とさんざん自慢された。

屈辱をおぼえた利家は帰国するなり、直ちに町中の菓子屋を城に呼び集めて、猿（秀吉）の羊羹に負けぬ羊羹をつくれ、と厳命した。そしてつくられたのがその羊羹であるという。犬猿合戦の産物と聞いて、俄然、その羊羹の味が深くなった。

松山へ所用で行ったとき、道後温泉に寄った。この銘菓は柚《ゆず》タルトである。温泉街のどの土産物屋にも柚タルトが置いてあって、買い迷う。一軒の店に老女が店番をしていた。歳を聞くと八十八歳であるという。私はその店で柚タルトを買った。

私は老女が差し出した柚タルトと共に、彼女を写真に撮りたかったが、ちょうどそのとき別の客が店に入って来た。翌日、撮影したのが、この写真である。

人は菓子がなくても生きていける。だが、菓子のない生活はずいぶんつまらないものになるであろう。べつに空腹でなくとも、うまそうな菓子を出されるとつまみたくなる。

菓子の後はお茶である。それが文化というものであろう。文化のない暮らしは生活ではなく、生存となってしまう。

仕事の切れ間、ほっと一息ついたとき、つまむ菓子に柚タルトを買った老女の顔を重ねてしまう。

人

通り雨傘と一緒に子を忘れ

通り雨には風情がある。急に空が暗くなり、大粒の雨が降ってくる。傘を持たない人が右往左往して、雨宿りする場所を探す。

和服の女性は走るに走れず立ちすくむ。だが、雷鳴が轟《とどろ》いて稲光でも走れば、どんな慎ましやかな女性でも悲鳴をあげて逃げまどう。そんな姿はとても艶っぽい。

そんな女性の姿を見ようとして、急な夕立の中に、わざわざ出かけて行く物好きな男もいるという。

朝はよく晴れていたが、勤めを終えて下車駅に降り立つと、雨が降っているというケースも少なくない。傘を持って来なかった乗客で、タクシー乗場は長蛇の列である。

そんなとき、同じ方角に帰る未知の男女が相合い傘をして、恋が芽生えるという小説や映画のような設定は、現実にはなかなかない。だが、通り雨にはなんとなくそんな情緒がある。

雨宿りのつもりでドアを押したカフェで、カップルが知り合うという設定も悪くない。そんな野心はなくとも、通り雨の中に漂うコーヒーの香りは誘惑的である。その誘惑を振り捨てて家路に向かう人には、家族と温かい食事が待っている。

だが、たとえ家に待つ人がいる者にも、雨に漂うコーヒーの香りは、道草をするよい口実となる。雨に柔らかく烟る街角の風情には、それが通り雨のなせる束の間の光景であることがわかっていても、人の心を和ませるものがある。

そんな通り雨の後、虹が出ることがある。めったに現われないフルアーチが、地平線を跨《また》ぐときは交通事故に気をつけなければならない。

通り雨の後は傘の忘れ物が多い。だが、粗忽《そこつ》な親が傘と一緒に子供まで置き忘れてしまう。そんなユーモラスな光景を一瞬のシャッターで捉える。いただいたとおもった後で、私自身が傘を忘れていた。

裾乱す脛《はぎ》の白さや通り雨

動物

空蟬の
くりぬかれたる
夢の型《かた》

猛暑がつづき、蟬の合唱が一際かまびすしかった夏の日には、地上に蟬の死骸がごろごろ落ちている。わずか数日のために、地中に長い年月を過ごし、ようやく地上に現われて、命の限り自分の歌を歌った亡骸である。命の限り鳴いているときは自分の死後の姿など想像する余裕もなかったであろう。鳴くことだけに、蟬の命があった。

地上の蟬の死骸の中に、蟻にでも食われたのであろうか、中身をくりぬかれた脱け殻があった。羽と共に蟬の原型だけが残っている。短い命を鳴き尽くして、中身までも燃え尽きてしまったかのような脱け殻であった。脱け殻ではあっても、その夢の原型を残しているようである。樹上に蟬時雨しきりなるとき、ふとその夢を追う。蟬に夢があるとすれば、蟬時雨の一員となって、短い夏を鳴き尽くすことであろう。

鮭は卵巣からすべての卵を産み尽くした後、脱け殻となって死ぬ。作家として積み残しのないよう、すべての作品を産み出した後は、くりぬかれた蟬や、産み尽くした鮭のようになるであろうか。

なにものであれ、使命を果たし終えた後の脱け殻は、夢の型をしている。

蟬よりも多少長いかもしれないが、人生も悠久の歴史の中の一炊《いっすい》の夢である。虎は死して皮を残し、人は名を残すと言うが、大多数の人々は名も残さない。死後、多少残した名前も速やかに忘れられていく。

史跡は追求した権力の型であり、作品は作者の途上の産物である。

しいて人間に夢の原型があるとすれば、墓であろうか。墓もない人は、夢がなかったわけではなく、戦争や災害で命を失った人や、水葬や鳥葬で自分の存在した証拠を完全に消し去った人たちである。私は作家であるので、私にとって最も美しい夢の型は詠み人知らず（作者不詳）の作品である。芸術作品はおおむね作者の表現欲の成果である。

だが、詠み人知らずは作者名よりも作品を重視している。作者は名前を残さず、作品を残そうとした。それこそ創作者たる者の理想的な姿勢である。

芭蕉やベートーヴェンやミケランジェロやゴッホなどの作品が作者不明であったなら、作品はどのように評価されたであろうか。それでもなおかつビッグネームの作者名を圧倒する価値を保ちつづけることこそ、私の夢の型である。

"俳写一体"となって創造する

コツ

句材としての写真には芸術性はいらない

制作といっても、デジタルカメラとテープレコーダーを持って外に出るだけである。家の中でも俳句を詠《よ》めないことはないが、外界の方が刺激に満ちていて、眠っていた頭が醒《さ》めてくる。頭は足から衰えるというが、まさに足が頭を活性化してくれる。

カメラはなるべく小型で、軽量の機種が望ましい。付属品は一切持たない。つまり、身軽であることが必須の要件である。時には自転車に乗って行動範囲を広げる。カメラとテープレコーダーを持ってうろうろしていると怪しまれることがあるが、自転車にまたがっていると、あまり警戒されない。自転車には不思議に人間のにおいや、怪しさを中和するような作用があるらしい。

カメラマンの写材と俳句の句材は異なる。写真家は芸術的な構図を求めるが、句材としての写真には芸術性はいらない。芸術性はあっても悪くはないが、芸術性を中心にすると、俳句と一体になりにくい。写真俳句は、写主俳従でもなければ、俳主写従でもない。俳写一体となって独自の表現世界を創造《クリエイト》する。

二兎を追う者は一兎をも得ずという諺があるが、もともと二兎を追っているのではない。予感が走る光景や場面を写真におさめる。撮影した写真を見つめている間に句想が湧き、固まってくる場合もあれば、俳句が生まれてから写真を撮ることもある。

最近は写真が先に立つようになったが、一瞬、目撃した光景はディテールを認識せず、認識と同時に忘却が始まるので、句界として観察が浅く、不足しやすい。

写真は読んで字のごとく、被写体の情報を忠実に写し取ってくれる。芸術写真には感性が求められるが、俳句写真には情報が欲しい。特に俳句には一瞥《いちべつ》しただけでは隠れている情報が、写真には写し取られる。写真の情報から俳句を創造《クリエイト》することによって、感性の出番となる。一見平凡な写真を俳句と結びつけることによって、非凡な表現世界を創造することが可能となる。

このようにして、毎日の散歩コースや、旅に出て撮影してきた写真をパソコンに取り込み、拡大して眺めている間に俳句が生まれてくる。帰宅する前に喫茶店に入って、デジカメのモニター画面に撮りたての画像を覗《のぞ》いている間に、俳句が生まれることも少なくない。

炎天下
驢馬ゆっくりと
地雷原

コツ

下五は俳句の運命を決定する

私の場合、上五と中七の十二音が先に出て、まとめの下五が出ないことがある。そのようなときは五七に止どめて、下五をブランクにしておく。下五次第で五七が生きるときと死ぬ場合がある。また下五によって五七の配置や、言葉そのものが変わることもある。

一例を挙げよう。上の句はあるコンテストで入選作となった作品である。

この句は下五によって、のどかな光景が衝撃などんでん返しを打たれる。下五次第によって、その俳句の運命が変わる好例である。

この句界となった場所は、現実に地雷原である必要はない。地雷が撤去された、あるいはまったく地雷と無関係の場所であってもよい。馬上うららかに揺られている間に眠気をもよおす。馬の蹄が一歩踏み誤れば木っ端微塵という句境が、下の五音によって圧倒的な緊迫感を持つ。刺激を受けて、類句が浮かんだ。

馬眠り蹄の下は地雷原

この句によって、私は「馬眠り」という季語を得た。

同じような例として、「是がまあつひの栖《すみか》か」は、雪が五尺降り積もらなければならず、「そこにあるすすきが遠し」は「檻の中」からであり、「目には青葉山時鳥《ほととぎす》」を締めるものは、なんといっても「初鰹」である。

このように下五は俳句の運命を決定、あるいは変えてしまう。たった五音の運命であるだけに、慎重を期さなければならない。俳句にとって推敲が重要なファクターであるゆえんである。言葉の配置を替えるだけで、俳句の性格ががらりと変わってしまう。それだけに安易な推敲は危険である。

俳句は十七文字という表現の制限があるだけに技巧的であり、いろいろな約束事が多い。俳句入門に際して、まずその約束事から学ぶのは試行錯誤の回り道を節約するというメリットはあるが、同時に文法から入った言葉、特に外国語のように表現に制約を受けて、自由奔放な発想を妨げられる虞《おそれ》がある。とにかく文法は後まわしにして、五七五にまとめてみる。それが俳句、特に写真俳句の秘訣である。

写真をじっくりと見ながら、最初の五七五をじっくりと推敲する。たとえば

是がまあつひの栖か砂嵐

としてみよう。どうも目に砂が入って、俳句を詠む環境ではない。森の中では薄暗い。街の中ではうるさくてせせこましい。雪三尺や七尺では浅すぎるか深すぎる。そして「雪五尺」にぴたりとおさまるというような具合である。

これが一茶の時代にカメラがあったとすれば、初めから雪景色が句境として撮影されているので、砂や森や街を遠まわりする手間は省ける。

コツ

最初に俳句が生まれた場合

この場合は、俳句に合う場面を探すことになる。俳句や季語に合うような場面がないときは、俳句や季語そのものを変えてもよい。だが、その場合でも、なるべくならばその句の精神や運命は変えたくない。

たとえば雪のない環境で雪を詠んだときはどうするか。雪の季節までは待てない。雪国へ出かけて行く時間はない。その場合は〝借景〟という手がある。他人の写真を借りたのでは意味がない。写真俳句は写真も俳句も自前でなければならない。雪を連想させるような被写体、たとえば除雪車、雪除け、白熊などの画像を配する。そのような被写体すら得られないときは、画像そのものを撮影する。借景に自分が工夫したオリジナルの画像を添えれば、借景そのものがオリジナルとなる。たとえば雪国の豪雪の要素を伝えるテレビ画面や新聞などの画像を借景に添える。自作の実例に次のような句がある。

雪害の地に詫びつつも雪見酒

俳句、写真同時進行の場合もある。シャッターを切りながら、一瞬閃《ひらめ》いた句想は、忘れやすい。そのような場合に備えて、テープレコーダーを携行している。これはまだ磨かれない原石である。五七五音にとらわれず、そのとき閃いた文言や表現を片端から吹き込む。後刻、拡大した画像と向かい合いながら、テープに吹き込んだ句想が生きてくる。俳句には文字で詠んだ場合と、表音の印象が異なる場合が少なくない。

漢字は象形文字である。意味を知らなくとも、その文字の象形からなんとなくイメージがつかめる。アルファベットにはできない芸当である。それだけに象形に頼りすぎるきらいがある。文字面はよくとも、表音してみると雰囲気が損なわれるというケースが少なくない。

俳句、写真同時進行の場合は表音が仕上げをしてくれる。テープに句想を録音しておくのは、単に情報としてだけではなく、表音された句界を保存しておくためである。たとえば、

韃靼《だったん》の馬嘶《いなな》くや冬怒涛《ふゆどとう》　角川春樹

海に出て木枯帰るところなし　山口誓子

などの先行名句は表音して、初めて冬の日本海の轟《とどろ》きや、冬の海を吹き渡る木枯しの音が聞こえてくる。

私の場合、下句が決まらない場合が多いが、稀には中句と下句が先に出て、上句がなかなか決まらないこともある。そのような場合は『歳時記』を繙《ひもと》く。『歳時記』を見ている間に、おのずから上の句が煮つまってくる。

『歳時記』からヒントを得て、自分で季語を発明してもよい。『歳時記』は先行名句の結晶であるが、俳句の『バイブル』でもなければ、『六法全書』でもない。事実、作者別に『歳時記』の季語は異なることがある。いずれは写真俳句の『歳時記』ができるかもしれない。

春光の巧《たくみ》と知れど山を恋い

コツ

写真と俳句は化学変化する

俳句にも写真にも表現したいモチーフがある。俳句と写真が合体した写真俳句のモチーフはなにか。俳写同格であるが、そのときの状況によって、俳句に重点が置かれる場合と、写真に傾斜している作品に分かれるであろう。それは一句一写ごとに異なる。そこに写真俳句の愉しみの一つがある。

凡句や凡写が伴侶を得て、まったく別の生命を吹き込まれる。一種の化学変化である。俳句や写真だけでは文芸の世界に化学が入り込む隙はない。文芸にデジカメという最先端の文明利器が入り込むことによって、化学変化が生ずる。

モチーフそのものが化学変化することがあるか。それも場合によっては起こり得る。たとえば俳写いずれかが先行して、写真俳句となって、写真俳句として化学変化するのが順コースであれば、化学変化を踏まえて、俳句と写真をジョイントする。たとえば春をテーマにした上の句は、初めて訪れた土地で、春光弾む奥に青い山影を見て、既視感をおぼえる。それが春の光と山恋《やまこい》が相乗した錯覚であることがわかっていても、すでに意識の中で実景と錯覚が化学変化を起こしている。化学変化が先行して、俳句があり、写真を撮影する。

風薫る
彼方に君の
うなじあり

上の句も同様の化学変化を前提にしている。女性の美しいうなじにかかる後れ毛を乱すものは、突風や旋風ではなく、薫る風であり、新緑を翻す光る風でなければならない。この場合、薫る風と女性のうなじ、二場の写真は必要ない。どちらか一場の写真を俳句に並べるだけで充分である。

写真の構図や写角《アングル》によっては、いったん並べた写真を差し替えてもよい。写真は替えずに、俳句の言葉遣いを替える場合もある。それはケース・バイ・ケースであり、作者の感性や意識の変化による。

製作過程を解説、あるいは分析してみると、このようになるが、難しく考える必要はない。要は、自分のおもうがままに感性にしたがって発句し、シャッターを切ることである。一句一写、これはとおもった瞬間を切り取ることによって、自分だけの新たな表現世界が生まれる。これに満足せず、加工し、磨きをかけ、仕上げをする工程において、他人の解説や分析が参考として多少役立つだけである。

写真俳句にタブーはない。〝技法〟に縛られず、句想の羽ばたくまま自由奔放に発句し、被写体《モデル》に迷惑をかけぬ限り、大胆にシャッターを押せばよい。一句一写入魂の技が完成するとき、会心の作品が創造《クリエイト》されるであろう。

Column

俳句は足でつくる

想像句も多いが、写真の被写体をほとんど外界に求めるので、外へ出なければ撮れない。写真とセットになっている私の俳句は、戸外《アウトドア》でつくったものが圧倒的に多い。

当初は運動不足解消のために無目的に歩いていたのが、歩きながら俳句をひねるようになり、いつの間にかデジカメを携行していた。頭と身体は足から衰えるという。写真俳句をつくるようになってから、それ以前は一日に千歩も歩かなかったのが、一万歩を超すようになった。

そのうちに散歩コースに医者の家があることに気づいた。内科、眼科、皮膚科、整形外科、耳鼻咽喉科、歯科、一通り揃っている。散歩途次、覗いて空いていれば、血圧や、眼圧や、軽い健康チェックをしてもらう。医家に行くのはなかなか億劫《おっくう》なものである。それが写真俳句と結びついて、自動的、定期的に医者の管理下に入るようになった。会社を辞めてフリーになると、組織的な検診を受けられなくなる。ところが、写真俳句は私の健康を管理してくれている。健康を踏まえて写真俳句が穫《と》れる。書斎に閉じこもっていては、写真俳句はつくれない。

『奥の細道』もアウトドアの産物である。だが、私は"医道"を歩いているので、「旅に病む」虞《おそれ》もない。旅中発病しても、かかりつけの医者に電話して、応急、適切な指示を受けられる。私の健康は写真俳句から発足している。

ある春の日の午後、かかりつけの医家のドアを押すと、珍しく空いていて、待合室の入口に桜の花びらが落ちていた。

迷い花患者去りたる午後の医家

第二章

写真俳句のつくり方

さて、ここからは具体的に写真俳句のつくり方を解説していきます。まずは写真俳句の基本ルールを理解することからはじめましょう。「写真が先か」「俳句が先か」など、素朴な疑問にも答えていきます。

五七五に写真の要素を加える

コツ 写真は四つ目の要素

俳句の世界観は、抑制された美でもあります。それはそれで完成されたものではあるでしょう。とはいえ、世の中は広く、私たちの表現したいことはさらに多く、とても五七五の中には収まりそうもありません。

そこで写真の登場です。俳句は主に「五」語「七」語「五」語の三つの要素でつくられていますが、それに「写真」という四つ目の要素が加わったのが「写真俳句」です。写真は四つ目の「言葉」、「五」「七」「五」と対等な位置にあるのです。だからこそ、写真を俳句に溶け込ませることで、さらなる広がりを持った俳句世界をつくることができるのです。

コツ 俳句は写真を説明するものではない

これまで多くの写真俳句を見てきましたが、往々にして俳句が写真の説明に終わってしまっている句が多くありました。例えば、落ちた桜の花びらが川を流れていく様子を花筏ということは皆さんご存知かと思いますが、その写真と共に、

麻生川ピンクに染める花筏

などという句を添えては、興もそがれるというものです。なぜなら、それは写真を見ただけでわかることですから。

さて、こういった「説明句」を、どう改良すればよい写真俳句になるでしょうか。それには文章的な「テクニック」が使えます。詳しくは第三章

で解説しますが、ここではその中でも三つにトライしていきましょう。

・擬人化する
・オノマトペを使う
・テーマを決める

花筏の句であれば、まずは擬人化のテクニックが使えそうです。花を人に例え、

焦がれても刹那の恋や是非もなし

としてみるのはいかがでしょう。一年にたった二週間の逢瀬。そして枯れる前の美しい姿のままで引き裂かれるのです。なんてかわいそうなのでしょう。桜に情を重ねてしまいました。

あるいはオノマトペを使って

幼子やぱたぱた足で花を追う

という句はいかがでしょうか。もし写真の中に子供が写っていなくても、まだ足のおぼつかない女の子がスカートをひらめかせながら、花筏を追いかけている様子が浮かんでこないでしょうか。

コツ

「麻生川 ピンクに染める 花筏」

↓

擬人化

「焦がれても 刹那の恋や 是非もなし」

オノマトペ

「幼子や ぱたぱた足で 花を追う」

または、甲子園の常連校が夏合宿をしている風景を切り取った写真があるとします。

夏野球ボールが空に弧を描く

あまりに当たり前のことではないでしょうか。試合をしていることも、それが野球であることも、ボールを使うことも、投打すればそれが孤を描くことも、写真を見ればわかることです。

そんな時はテーマを決めてみましょう。夏に野球ときたら、それはなんといっても「青春」ではないでしょうか。暑い中、それを感じもせずに、必死で勝つことだけを考えている。今にかけているその思いが、そして私たちにとっては懐かしい青春の匂いたつような感覚が伝わってきませんか。

青い春流るる汗を拭きもせず

いかがでしょうか。写真俳句が、写真を説明するだけではもったいなく、あまりに世界を狭め、それが作り出せるであろう美しさをこわしてしまっているのが分かると思います。同時に、いろんなテクニックを使うことで、写真と俳句の合わせ技がいかに様々な可能性を持っていることがイメージできたと思います。

コツ

「夏野球 ボールが空に 弧を描く」

↓

「青い春 流るる汗を 拭きもせず」

コツ

季語は写真に任せてもいい

俳句のルールは五七五、十七字の語数を守ることと季語を入れることです。そして写真俳句の場合、季語の部分は写真に任せてもいいのです。

例えば、花筏の句は、「焦がれても　刹那の恋や　是非もなし」と詠みましたが、句だけ見たら、川柳です。そこに花筏という春の写真が要素として加わると、それが季語の役割を果たし、写真俳句として完成します。

このように、季節がはっきりした写真は季語として使えます。春であれば桜やチューリップ、タケノコ、卒業式や入学式も、いかにも春という雰囲気を醸していますす。夏ならなんといっても海でしょう。入道雲やスイカなども夏らしいですね。

秋はやはり紅葉。イチョウ並木を人々が歩いている図も絵になりますし、山一面の息をのむような紅葉に、それに負けないほど迫力のある俳句を合わせせられたらすばらしいですね。

初雪が降ったら、すかさず写真を撮りましょう。

そうして撮った写真に、季語はいりません。もちろん入れても構いませんが、

初雪や足跡もなく音もなく

などといったように、往々にして説明風になってしまうものです。せっかくの写真俳句です。季語を入れずに作ってみましょう。上記のような雪の日に、

皆もまた靴音を鳴らし駅へ急く

という俳句はどうでしょう。雪が降れば電車が遅れますから、それを意識してみました。先句と比べると、初雪という言葉を入れなくて済む分、言葉の要素部分に余裕が増え、世界の広がりと人の匂いを感じさせる句になったのではないでしょうか。

このように、写真俳句には必ずしも季語が必要なわけではありません。もちろん、都会の夜景や夕焼け、家の中の様子や家族やペットなど、撮った写真が何の季節も映していないのであれば、俳句には季語が必要になってきます。

写真を先に撮って句をつける

写真俳句では、「写真と俳句」のどちらを先につくる？という疑問が出てきます。作業としては全く違うものですから、当然と言えば当然ですが、写真が先、写真が後、そのどちらが一体正しいのでしょう。答えは、そう、どちらも正しいのです。強いていえば、心地よいと感じる方が自分に向いている写真俳句のつくり方でしょう。そういう意味では、写真俳句をつくるすべての人それぞれにとってどちらかが「正解」なのかもしれません。

コツ 先に写真を撮る場合

まず写真を撮ってからの作句を解説します。現在は一眼レフからスマートフォンまで、機能的で便利なアイテムがあります。自分の使いやすいカメラをチョイスすると良いでしょう。

さて皆さんは、どんな時に写真を撮りますか。

空がきれいな時、緑がきれいな時、花がきれいな時、印象深い光景に出会った時、いい構図だなぁ、と思った時、などでしょうか。特に空に惹かれます。日本晴れのような晴天もいいですが、緞帳のような曇り空も、雨が降った後の洗われた空も、都会が粋がっているような夜景も魅力的です。つまり、日常のなかにシャッターチャンスはたくさんあるのです。

友だちとの思い出もシャッターチャンスです。それこそバーベキューやお花見、家飲み、街歩きや美術館などのお出かけ、おいしいレストランで見た目もおいしいご飯を食べるのも、「これは失敗！」といった、写真を撮るのも楽しいですね。

コツ 日常がシャッターチャンス

写真俳句をはじめると、いつでも写真を撮ることに意識が向くようになるでしょう。この写真使えるかな、この風景は撮っておいた方がいいかな、おいしい料理は絶対撮ろう…。高級レストランですと遠慮しなければなりませんが、普段行くようなところであれば、密かにスマホを忍ばせておいて、湯気が立ったお皿がやってきたら、ここぞとばかりに（必要に応じ許可をとる）撮ることができます。

写真を撮ったら、メモをしておきます。箇条書きのような簡単なメモで構いません。一番書き出したいのはその時の気持ちです。とはいえ、それが一番おススメというわけではありません。人にはそれぞれ好みや趣向がありますから、その時に一番心に残ったことを書くことを推奨します。

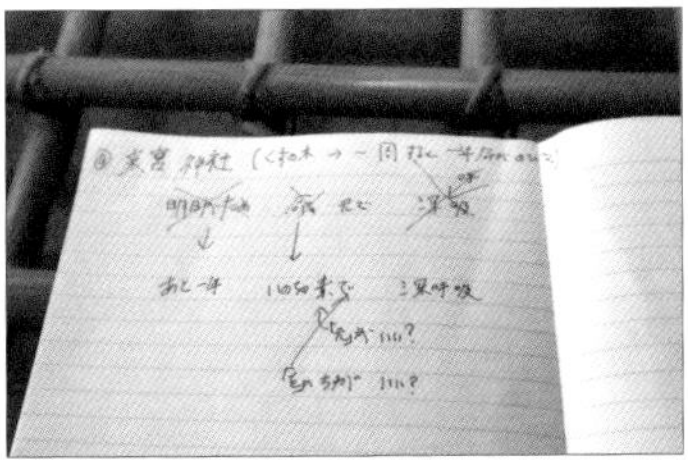

ビジネス帳にノート、スマホのメモも使えます。内容だって人それぞれ。出てきた品やその感想、その時の会話、周りの様子。後で創作のサポートをしてくれるならば、どんなスタイルでも問題ありません。

コツ

撮った写真に句を合わせる

写真を撮って家に帰ったら、さあ俳句タイム。まずはテーマを決めるところからスタートします。おいしかった？　楽しかった？　また行きたい？　込めたい思いはいろいろありますが、やはり盛り込めるのはワンテーマ。それが決まったら、何枚も撮った中から、これぞ気に入った、という写真を選びます。そして必要であれば、それに合った季語を選びます。

そこからが本格的に写真俳句作り。例えば、選んだ写真がスイカのスイーツだったら、きっと季語は入れません。おいしかった、ということを伝えたいのであれば、誰と行ったかも入れません。「おいしかった」という気持ちが最大限に伝わるように、突き詰めて言葉を選びます。

脈あがる舌なめずりも後味も

――もう少し考えてみよう！

というように、先に写真ありきの場合は、あとから五七五をゆっくり考えることができるのも利点のひとつです。とくに俳句作りに迷われる、という方は、先に写真を撮り、お気に入りの一枚を選んで俳句を詠む方をお勧めします。

コツ 句を先に詠む場合

こちらは、言葉が得意な方向けの詠み方でしょう。俳句や川柳を読み慣れた人の方が選ぶ確率が高い方法ではないかと思います。

今回はまず、

嬉しさも哀しさもまた秋の空

という句を詠んでみました。

さて、どんな写真を合わせましょう。こんなときは、句を口ずさみながら外に散歩へ出てみます。歩き回った末にみつけたのが、錆びて古ぼけた郵便ポストです。その後ろに生えていたのはすすきだったので、それが半分と秋の高い空が半分になるように何枚か写真を撮りました。他章でも説明をしますが、これはあくまで「写真俳句」なので、ある程度の「写真」の技術は必要です。

この風景を撮りながら、まずは郵便ポストのことを考えました。ポストとは、手紙をやり取りするハブ地点です。手紙は、気持ちのやり取りをするものでもあります。そして、枯れ色のすすきと薄青い高い空。全く違うふたつに、私は嬉しさと哀しさを表しました。

ということで「嬉しさも 哀しさもまた 秋の空」には、真ん中に郵便ポストを配した、下部にすすき、上部に秋の空を映した写真をイメージしてはどうでしょう。

これで写真俳句の完成。この方法の利点は、後からでもテーマを膨らませることができることです。俳句は、詠んだ後に大きな変化を加えるのは難しいですが、写真あっての俳句なら、最初はこのテーマで詠もうと思っていても、簡単にそれを変えることができますね。

同じ句や写真を使って取り組む

練習をすればするほど、写真俳句は上手になります。俳句力が上がりますし、写真を撮るテクニックも向上します。ですので、本格的に取り組む前に（もちろん本格的に取り組んでいる最中でも大丈夫です！）、メモやスケッチのつもりで写真俳句の練習をしてみましょう。

コツ 同じ写真で違う俳句を作ってみる

同じ写真から違う俳句なんてできるの？ と思われるかもしれませんが、そこは「大人の」視点の変化です。ある写真に写っているものが、すべて同じことを表しているわけではありません。どこに注目するかで、写真の読み取り方は違ってきます。

ですから同じ写真で違う俳句を作ってみるのです。もちろん全く違う目で見るのは必須です。驚くほど趣向の異なる俳句ができるかもしれません。

コツ 同じ俳句で違う写真を撮ってみる

または、有名な句に自分なりの写真を添えて、写真俳句にしてみましょう。この時、この句はこういう意味の句だ、なんて解説は読まなくて構いません。大切なのは自分の感覚。俳句仲間や家族で同じお題で写真を撮ってみると、全く違った写真になって、お互い驚くかもしれませんね。それが刺激になって、さらにいい写真俳句がうまれていくかもしれません。それも写真俳句の醍醐味です。

第三章

写真俳句の作句

十七文字プラス写真で表現する写真俳句は、俳句の良し悪しがカギを握ります。とはいえ、堅苦しく考える必要はありません。俳句のルールや基本テクニックをマスターして作句にチャレンジしてみましょう。

子規が名付けた「俳句」の成り立ち

コツ

五七五に込めた子規の想い

「俳句」という言葉を初めて提唱したのは誰でしょう？　松尾芭蕉？　与謝野蕪村？　小林一茶？　いいえ。実は「俳句」は明治時代になって使われるようになった言葉です。その時代の「俳人」といえば、誰よりも先に名前が上がる正岡子規（１８６７〜１９０２）が、この五七五を「俳句」と名付けました。

正岡子規は、脊椎カリエスで苦しみながらも、俳句を極めようとその短い命を五七五の十七字に捧げたことで知られています。

柿くへば鐘が鳴るなり法隆寺

これは日清戦争後、病状が悪化し、夏目漱石の下宿を経て帰郷した途中で詠んだ句だといわれています

（諸説あり）。ああ、夕暮れだったんだなあ、と思えるのは、子規が大好物だったという「柿」の色からでしょう。思い出も時間帯もその時の寂しくて心細げな様子も「柿」の一言で表していて、さすが「俳句」の提唱者だと感嘆してしまいます。

糸瓜咲て痰のつまりし仏かな

こちらはあまりによく知られている、子規の絶筆三句のひとつです。痰を切る薬となる糸瓜が咲いたけれど、時すでに遅し。子規はそのまま倒れて亡くなったといいます。

たった三十四年の人生でしたが、子規の残したものはあまりに多く、生きるということを考えさせられます。何よりも我々としては「俳句」、その中でも日本の宝ともいえる句をたくさん残してくれたことに感謝したいですね。

コツ 後世に残る芸術にまで仕上げた芭蕉

俳句が俳句と呼ばれる前、例えば松尾芭蕉はこの五七五の文字の羅列をどのように呼んでいたのでしょう。実は確固とした答えはないんです。あえていうならば「発句（ほっく）」「俳諧（はいかい）」という言葉が近いでしょうか。

もともと「連歌（連句）」という長い詩の冒頭である五七五を、それだけで楽しむようになったのが俳句のきっかけです。なので発端の部分という意味で「発句」と呼んでいたんですね。

その「発句」は、連歌に必須だったルールを大幅に削ることにより、大衆が受け入れられる言葉遊び「俳諧」として、大いに好まれ、楽しまれるようになりました。

とはいえ、初期の頃は貴族を揶揄したり、庶民的な笑いを誘うような作品が多く、滑稽で低俗なものとして扱われていたようです。それを後世に残る芸術にまで仕立て上げたのが松尾芭蕉（1644〜1694）でした。

コツ

知っておきたい教養としての「名句」

ここで誰もが一度は耳にしたことがあるような、よく知られている句を紹介していきましょう。まずは松尾芭蕉です。

閑さや岩に染み入る蝉の声
（松尾芭蕉）

芭蕉の中では、最も好きな句です。夏といえば蝉。そしてその蝉は絶え間なく鳴いていうるさいものです。けれども、この句にはなぜかしんとした雰囲気を感じませんか。

古池や蛙飛込む水の音
（松尾芭蕉）

こちらは、本当に静かな古池のある風景の中で、蛙が一音だけ、しかも故意ではなく放った音がこちらも聞き取れそうですね。響いた水の音もそうですが、蛙が飛込んだ際にできた水の輪も見えそうです。

夏草や強者共が夢の跡
（松尾芭蕉）

場所は東北平泉。初心者ならただその風景を、いつも俳句を詠んできた経験者なら「夏草に強者共の血が染みる」などと表してしまいそうですが、芭蕉は「夢」という言葉でたった五七五に時間の幅を持たせたところが天才のなせる業というものでしょうか。いつの日か幾世代をも含む句が詠めたら本望ですね。

コツ

親しみやすい言葉を使う一茶

やせ蛙負けるな一茶これにあり
（小林一茶）

一茶のおちゃめさが伝わってくる句です。一茶が他の俳人と一線を画するところは、彼は彼自身を分かりやすく詠んだ句が多いことではないでしょうか。

当時の「俳諧」では花鳥風月を題材にすることがほとんどでしたが、一茶は「泣子」や「猫」など大衆に親しみやすい言葉を使っています。

雀の子そこのけそこのけお馬が通る
（小林一茶）

この句では、雀に馬と、当時の人たちなら誰でも知っていたものをふたつも採用しているのです。それが彼の俳句を特別で印象深いものにしているのでしょう。

菜の花や月は東に日は西に
（与謝蕪村）

蕪村の中では最も知られている俳句ではないでしょうか。なんといっても「月は東に 日は西に」の部分で、そうとはいわずとも宵闇迫る時間帯を指しているのがわかります。そして同時に、月が見え、日が見える菜の花畑の雄大さを表してもいるという、時間と空間、両方の広がりを感じさせる言葉選びをしています。

鶏頭の十四五本もありぬべし

（正岡子規）

脊椎カリエスで苦しんでいた正岡子規が、以前見た**鶏頭の花が今年も十四、五本ほど咲いているのだろう**な、と詠んだ句です。この頃には彼の病状は非常に重く、床に臥せったまま自身で庭を見ることもできませんでした。たった十七字のなかに、子規の虚しさと外への、そして生への渇望を感じられます。

コツ 日本語は五字・七字にしやすい

それでは、なぜ俳句は五七五の十七字なのでしょう。それを通り越して、なぜ日本語の歌は五字や七字で作る様にルールが決められているのでしょう。

そのヒントは、日本語という言葉にあります。

例えば五字であれば「ありがとう」や「いってきます」「こんにちは」、七字であれば「おやすみなさい」「お帰りなさい」「お願いします」。

もちろん言葉を組み合わせて五字や七字にすることも簡単でよく使われています。「今朝の空」「鳥が飛ぶ」「誰も知らない」「祝福されて」いろんなシーンを思い浮かべながら五字と七字の例を出してみましたが、どれも綺麗に文字数にはまっています。みなさんも、身近にあるもので五字や七字のものを探してみてください。驚くほど簡単に見つけられる思います。

そう、日本語は五字や七字にしやすい言葉が多いのです。それはもともと、歌という長い歴史があるからかもしれません。あるいは言葉として五字や七字が合っているのかもしれません。

その根源は謎ですが、日本語に五字と七字のリズムを取りやすい言葉が多いのは事実です。俳句も歌も、それをうまく活用しているんですね。

コツ

― 正岡子規　年表 ―

1867年(慶応3年)	現在の愛媛県松山市で正岡家の長男として生まれる。「常規(つねのり)」と命名される。父は松山藩の武士であったが、幼いころに亡くなる。少年時代は漢詩や戯作、軍談、書画など文芸に触れ、興味関心を抱くようになる。友人と漢詩や雑誌を作る。
1883年(明治16年)	旧制松山中学(現・松山東高等学校)を中退し、上京する。
1884年(明治17年)	東大予備門(現・東大教養学部)に入学。俳句を作り始める。
1890年(明治23年)	帝国大学哲学科に進学するが、翌年国文科に転科。この頃から「子規」と号して句作を行う。
1892年(明治25年)	帝国大学を退学し、日本新聞社に入社する。この頃、俳句論「獺祭書屋俳話」の連載を開始し、注目を浴びる。
1894年(明治27年)	東京都台東区根岸に移り、故郷より母と妹を呼び寄せる。この場所を子規庵とし、書斎や句会歌会の場とする。多くの友人や門弟に支えられながら俳句や短歌の創作を行う。
1895年(明治28年)	日清戦争に記者として従軍、その帰路に喀血。この時期以後、永い病床生活に入るが、文学上の仕事は活発になる。有名な作品「柿くへば鐘が鳴るなり法隆寺」を『海南新聞』に初出。
1896年(明治29年)	子規庵で句会を行う。三千以上の俳句を残す。
1897年(明治30年)	俳句雑誌「ホトトギス」が創刊され、選者となる。
1898年(明治31年)	「歌よみに与ふる書」を発表し、短歌革新にものりだす。松尾芭蕉や古今和歌集について自身の説を展開し、先人の作品へ全国的な再評価を喚起した。
1900年(明治33年)	作品「鶏頭の十四五本もありぬべし」を句会で発表し、新聞『日本』に掲載、同年『俳句稿』にも収録された。
1902年(明治35年)	脊椎カリエスにより死去。享年34歳。 短い生涯のなかで、数多くの句を詠んだといわれている。

五字と七字のリズムで句をつくる

コツ

制約のなかで美しさを表現する

俳句は世界で一番短い詩。そこには侘び寂びに通じる抑制の美があるように感じますよね。分野違いですが、クラシック音楽も、決められた型をなぞる「制約の芸術」です。全ては楽譜の中に書いてあり、どの音を強く引くか、どのメロディーを滑らかに引くかは決まっています。それを外れて演技をしたり、音楽を奏でたりすることは型を破ることであり、ルール違反ともいえるでしょう。これら西洋の芸術は制約の中で美しさを高める芸術なのです。

コツ

俳句の基本ルールを知る

さて、俳句のルールとは何でしょう。それは、五七五の十七字であること、季語をひとつ含めることのふたつだけ。一見すると「制約」があると感じるかもしれません。しかし、五七五の十七字は変えられないものとしても、季語はそれぞれの季節でたくさんの数があり、そのいずれを使ってもいいのです。そう、俳句は抑制や制約などとは違う自由な芸術なのです。

コツ

五七五のなかに季語を含む

日本には四季があり、日本人は季節を大切にするといいますが、様々な文化で季節にまつわる「何か」は欠かせないものとしてあります。例えばフランスでは、春頃になると春の短い期間にしか出回らない「白アスパラ」を楽しみにしています。夏はヨーロッパ各国にとってバカンスの季節ですし、アメリカでは、秋になりますとやはり紅葉狩りに行きます。冬には暖炉の周りに集まって、温かいエッグノッグでも飲みながら、

マシュマロを炙って熱々のスモアズを食べます。旧暦を重んじるアジアの文化では、冬の旧正月の華やかさには思わずため息をついてしまいますよね。

　この通り、各々の文化で季節を楽しむ習慣があります。とはいっても、それを例えば季語のような形にして、誰にでも通じる言葉にしている文化は日本だけではないでしょうか。すべての言葉に思い入れがあること。それは日本語の豊かさです。芭蕉も子規も、その豊かさのとりこになっていたのではないかと思うのです。

　季語は旧暦で考えるので、現代のカレンダーではおおよその所、春は二月〜四月、夏は五月〜七月、秋は八月〜十月、冬は十一月〜一月となります。通常より二ヶ月ほど早いと覚えておくといいですね。実際にはもう少し細かく分かれているものもあるのですが、慣れるまでは気にしなくて良いでしょう。

　最初は、インターネットで「俳句　季語」とでも調べると、たくさんのサイトが出てきます。初心者ならそれで十分。まずは俳句そのものの作り方を楽しむのが先ですから。

　もし、更に深く知りたくなったり、様々な表現をしたくなったら季語辞典を買ってみましょう。購入してページを繰っていると、この季語で俳句を詠んでみたい、となるものです。つまり作りはじめの初心者よりもイマジネーションが溢れてくるようになったということですね。

テクニックを使って作句する

コツ 切れ字を使って気持ちを表す

名句の中には、「切れ字」と呼ばれるテクニックが使われているものもあります。例えば、

古池や蛙飛込む水の音
（松尾芭蕉）

柿くへば鐘が鳴るなり法隆寺
（正岡子規）

「や」や「なり」は切れ字です。その他にも「かな」という切れ字もよく見ますよね。この三つは「詠嘆」という、何かに強く心を動かされたり感動した気持ちを強調したいときに使われます。

コツ 比喩と擬人化を使って味わい深く

さて、このことを詠もう、となったとき、どう書いていいのか分からず、悩むことがあると思います。例えば向日葵が日の出から日の入りまで太陽を追っている様子を詠んでみようと思ったとします。そこで作ったのが、

向日葵や太陽向いて日が終わる

伝えたいことは分かりますが、どんなに状況を捉えていても、それをそのまま詠んだ句は、つまらないものです。そこで活用できるのが「比喩」と「擬人化」です。

まずは「比喩」。詠む対象を何か別のことに例えることですね。例えるのは何でもいいのが比喩の使いやすいところ。今回は色と季節をかけた句を作ってみました。

コツ

比喩例

「ちゃぶ台で向日葵色のカレー食う」

擬人化例

「向日葵や届かぬ人を未だ追う」

「省みぬ向日葵老いも気づかずに」

ちゃぶ台で向日葵色のカレー食う

今時ちゃぶ台のある家は少ないのではないでしょうか。幼い頃、夏休みのたびに訪れた両親の実家を思い出します。

向日葵や届かぬ人を未だ追う

次は擬人化。これは対象を人と仮定して詠むことですよね。ここでは、向日葵を長い片想いをしている女性に例えてみました。

省みぬ向日葵老いも気づかずに

この人は、憧れだけを求めているうちに、伸び寄る老いにも気づかず朽ちてしまうのでしょう。詠んでいるうちに、少し悲しくなってしまいませんか。

それぞれテーマが違う句を作ってみたので、比べてみて下さい。このように、「向日葵」だけでも、「比喩」と「擬人化」のテクニックを使えば味わい深い句にすることができるのです。

コツ

短い言葉で表現が広がるオノマトペ

「ひらひら」「シャンシャン」「どきどき」「ガサガサ」。他の言語にもオノマトペはありますが、日本語のそれは世界でも群を抜いて多いといわれています。古くは古事記にも登場しているほどです。

それに、オノマトペは表現の世界を短い言葉で広げてくれます。例えば猫。「にゃんにゃん」「ミャウミャウ」「ごろごろ」「シャー」。これだけでも、その猫がその時どんな気持ちでいるのかを表せます。「猫が鳴いた」よりずっと表現の幅が広がるわけです。

コツ

オノマトペで雨を表現する

他にも雨。「ぱらぱら」「ポツポツ」「ぴちゃぴちゃ」「ザーザー」。どれをとっても、雨の降り具合が分かりますね。しかも、例えば「しとしと」といえば、おおよそ誰もが雨の音を想像しますから、「雨がしとしとと降っている」などと説明しなくてもいいですね。

ここで雨の句をオノマトペを使って作ってみましょう。

しとしとと我が代わりに藤袴

藤袴は秋の季語で薬用にもなる植物ですが、源氏物語にもかけて詠んでみました。源氏の息子夕霧が、出仕する玉鬘に想いを伝えようと、藤袴の花を御簾の端から差し入れます。それを取ろうとした玉鬘の手を思わず掴む夕霧。ところが玉鬘は拒否します。夕霧は声もなくひたすら泣きながら帰ったことでしょう。紫式部の憎いところは、このお話の季節が藤袴の咲く時期と重なるところです。

この句からもわかるように、絶え間なく降り、体の芯から冷えさせるような雨を、四字で余すことなく表すことができる、そんな便利に活用できるのが、オノマトペです。ぜひ取り入れてみてください。

コツ

オノマトペとは…

擬態語と擬音語からなる「オノマトペ」。擬態語は物事の動きや様子、生物の動作や状態、人の心の状態等を表します。擬音語は物事から発生する音や様子を想起させる音、人や動物から発する声(鳴き声)を表します。形容詞や名詞、動詞としての役割も担い、表現の幅が広がるので、効果的に使ってみましょう。

状態等を表す

ツルツル、キラキラ、ハラハラ、イライラ、ドキドキ、ワクワク、ウキウキ、ピカピカ、どんより、そろそろ、ふんわり、びくびく、シトシト、ポツポツ、ばたばた、のろのろ、サラサラ、カシャ、パリン、ばたん　等

様子や気持ち等を表す

キーキー、ひそひそ、ガチャーン、ゴロゴロ、ザーザー、バターン、ドンドン、ぐちゃぐちゃ、ガミガミ、おどおど、ギコギコ、ドンドン、キンコンカンコン、ぼりぼり、リンリン、ズルズル、あたふた　等

人の声や鳴き声等を表す

チュンチュン、ニャーニャー、ワンワン、オギャー、グーグー、ウエーン、ぶつぶつ、クスクス、ゲラゲラ、ペチャクチャ、コケコッコー、ゲラゲラ、ゲロゲロ、ガーガー、しくしく、ホーホー、モーモー、メーメー、ガオー　等

伝えたいことを決めて作句に取り組む

コツ まずはテーマを決めることから

「なに書いていいかわからない！」ということはよくあるのではないかと思います。それこそ松尾芭蕉なら十句も二十句も浮かんできそうな景色の中にいるのに、五七まではできても最後の五が思いつかない！ あるいは、季語すら浮んでこない。

俳句で「必要ではないけれどあったらいい句になるもの」は、テーマです。例えば小林一茶の、

やせ蛙負けるな一茶これにあり

という句では、「弱くても負けない気持ち」がテーマになっていると思いませんか。

「テーマ」という言葉がしっくりこなければ、「伝えたいこと」という意味ではどうでしょう。

鶏頭の十四五本もありぬべし（正岡子規）

正岡子規の句では、「寝たきりの自分には見えないけれど、鶏頭の花が咲いているのだろうな」という〝伝えたいこと〟がイメージできます。

このようにテーマや伝えたいことを決めると、どんどん言葉が浮かんでくるでしょう。そうしたら、忘れないように書き留めておきましょう。その中で心に響く言葉を選ぶと、纏まった句になります。

同時に、「テーマ」や「伝えたいこと」はひとつではないことがあります。子どもが遊ぶ様子に、可愛らしさを見るのか、自分の思い出を振り返るのか、自身の子供や孫を重ねるのかなど、方法はい

くつもあります。どれか選ぶ必要はありません。ある風景に対して様々に振り返る思い出があるということは、あなたが豊かな時間をすごしてきたということです。そして、その思い出次第で趣向の違った言葉がどんどん出てくるでしょう。

浮かんでくる言葉がたくさんあり、これもあれも使ってみたい、となったら、それこそ芭蕉のように同じテーマで十句も二十句も詠んでみるのもいいかもしれません。

コツ

常識に囚われないことがポイント

当たり前かもしれませんが、子どもよりも大人の方が世間に慣れています。経験もあります。常識もあります。たくさんのものを見て、経験して、世の中について学び、その美しさも醜さも知っています。ですが、知っていることに囚われていることも事実です。

大人は常識に沿って生きています。その分、視野が狭くなっていることに気づいていない人も多いようです。

例えば子ども部門もあるコンテストの審査では、「これはいい!」と膝を打つのは大人ではなく、子どもがつくった句です。雲が怪獣になったり、かき氷の溶ける様子に注目したり、ラムネ瓶のビー玉に注目したりします。逆に大人なら、雲と空のコントラスト、かき氷やラムネの味をまず思い浮かべるでしょう。

知識を使って作句する

コツ

子どもと大人の違い

確かに子どもの心を持って世界を見る……というのは難しいかもしれません。その代わり、大人になったからこそできること、つまり、感覚で捉えるのではなく、これまで学んできた知識を使ったり、物事を違う視点で見る、ということは大人だからこそできること。視野を広く持って句を詠んでいきましょう。

ここでは雲を題材に、知識を使って、かつ物事を違う面から見て俳句を作ってみることにします。例えば入道雲。子どもなら、

夏の空ニョキニョキ雲が生えてくる

コツ

子ども・例

「夏の空ニョキニョキ雲が生えてくる」

大人 初心者・例

「それ走れ入道雲が追ってくる」

大人上級者・例

「入道雲置き傘ひとつ人ふたり」

という句がイメージできるでしょう。でも大人であれば、入道雲といえば雨の前触れだということが、知識のひとつとして頭に浮かんでくるでしょう。だからといって、

それ走れ入道雲が追ってくる

なんて俳句は作りません。入道雲に追いつかれて、雨に降られたら誰だって嫌だからです。では、こんな句はどうでしょう。

入道雲置き傘ひとつ人ふたり

恋が始まりそうな予感がしてきました。

このように、視点を変えて物事を見るのも、大人だからこそできることですし、視野が広い分様々な発見があって、楽しめることが増えるのが大人の特権かもしれません。

名句をアレンジして練習する

コツ

本歌取りは自分の句との融合

俳句のテクニックのひとつに「本歌取り」というものがあります。芭蕉や一茶、子規など、故人が詠んだ古い句(本歌)の一フレーズや二フレーズを変えて、本歌と自分の作品を融合させることで作品世界に広がりを持たせる手法です。この方法は練習用にも使えます。自分だったらどう詠むかな、どの言葉を使うかな、と思いながら、例えば松尾芭蕉の本をめくりながら本歌取りを繰り返して、練習していくのです。

ではまず、芭蕉の「閑さや　岩に染み入る　蝉の声」を本歌取りしてみましょう。「閑けさや　辺りを覚ます　蝉の声」　芭蕉は閑けさを詠みましたが、「蝉の声」の後を詠んでみました。

次は一茶の「やせ蛙　まけるな一茶　これにあり」。これを「土俵前　まけるな牧子　背中押す」としてみました。痩蛙の時点で不利ですが、それでも戦う前の決意を土俵前の力士に例え、勝つんだ、という心意気を一茶の句に似せてみました。この句はコンセプトも本歌と似せていますが、本歌取りをする際には特にその必要はありません。

最後に「柿くえば　鐘が鳴るなり　法隆寺」で本歌取りをしてみたいと思います。「柿の種　飛ばすも届かぬ法隆寺」字余りになってしまいましたが、詠んでいるうちに、この句はいろんな解釈ができると思いました。子どもの頃に法隆寺前で種をとばした思い出を綴っているかもしれませんし、法隆寺に願ったけれど叶わなかったという意味かもしれません。

このように、本歌取りで俳句のリズムや言葉選びを練習するのも、上達の道のひとつです。

コツ

本歌

閑さや岩に染み入る蝉の声

自句

閑けさや辺りを覚ます蝉の声

本歌

やせ蛙まけるな一茶これにあり

自句

土俵前まけるな牧子背中押す

本歌

柿くえば鐘が鳴るなり法隆寺

自句

柿の種飛ばすも届かぬ法隆寺

句をより良いものに仕上げる

コツ 推敲しながら言葉を変える

みなさん、作った俳句をどのようにしていますか。ノートに書き留めておく？　パソコンにファルを作っておく？　いずれでもいいものですが、作りっぱなしはもったいないです。どんなに駄作だ、と思って放っておいたものも、良作になる可能性を孕んでいるんですから。そう、推敲という作業によって。推敲は俳句を高めるには欠かせないものです。では、俳句の推敲とは、どのように取りかかっていくのでしょう。

まず誰もがはじめに試そうとするのが、言葉を変えることだと思います。例えば年老いた母を描くときに、「母の手を引き」にするのか「母を背負いて」にするのか。残りのふたつの五字と合わせてどちらが最も伝えたいことに近いか考えてみましょう。

俳句では植物を詠むことも多いですので、それも例に出してみます。例えば新緑の季節「さらに萌えゆく」と「繁みを広げ」と意味は似ていますが、合う俳句は違うでしょう。「咲き終りさえ」「咲いた名残も」も、意図しているところは似ていますが、言葉を変えることで句の雰囲気が変わってきます。

言葉を変えるには、語彙力が必要です。気づいた言葉や気になったフレーズなどを書き留めておくノートなどを、常に持っているといいでしょう。そうしてただ通り過ぎるだけの何かを言葉にしていくうちに、日常の美しいもの、優しいもの、哀しいもの、嬉しいものに気付くようになります。それは俳句を詠むのに不可欠なことでもありますが、それとは別に、人生を豊かに感じ、さまざまなものへの感受性が高まっていくものになるものかもしれません。

コツ 季語を変えてみる

言葉を変えてみてうまくいかなかったら、別の季語を選んでみましょう。たとえば春の夜について「春の宵」としていた季語を「桜月」「朧月夜」「寒明け夜」などとしてみると、句が全く違う様相を呈してきます。

秋の食べ物を詠んだ句でしたら「栗羊羹」を、「芋煮会」「月見酒」「柚餅子」などに変えてみると、趣向の違った句になります。

季語は確かに俳句に必須の要素です。そしてその季語は合わせて五千以上もあるといわれており、新しい言葉が出てくるたびに増えていきます。以前はなかったものとして夏の「熱中症」などはそのいい例でしょう。外国から入ってきた、例えば「マンゴー」や「スコール」も今は夏の季語として定着しています。このように、「今」に合わせて変わっていくのも季語。新しい季語を使ってどんどん俳句を作っていきましょう。

コツ

テーマを変えてみる

言葉選びはいい、季語もいい、なのになぜまとまらないのでしょう。そういう時は、たいていテーマがねじ曲がってしまっているか、中身を盛り込みすぎたか、というパターンが多いもの。そういう場合は作った俳句から一歩離れて、まずはテーマを見直してみましょう。

テーマはシンプルな方が良いです。五七五の中に季語を入れ、さらにテーマも盛り込まなければいけないため、「春に遊ぶ子どもの未来を思う」というような長いテーマはやめておきましょう。あるいは「小学校の同級生に当時の失礼を詫びる」というような難しくて長いテーマも合いません。

短いテーマで大人の俳句が書けるか……、と不安に思われた人でも心配はいりません。「秋の実り」「春の装い」「初恋」「別れ」「誕生」「夜食」「作り置き」というように、なんでもテーマになるのです。写真俳句は自由、何をテーマにしてもいい、どんな視点で物を見てもいい、どんな言葉を選んでもいい。そう思ったら新しい句を作りたくなってきませんか。

推敲の際は、その句のテーマが何なのかを書き出して、重要な部分だけ残しましょう。あなたの気になる部分が、その句の重要な部分です。そうしたら、再構築。季語はそれでいいか、言葉はわかりやすいものを使っているか。そうしているうちに、自分でも納得する俳句ができてきます。納得して作った俳句の方が、自分の作品としてずっと愛着があるものです。

第四章

写真俳句の撮り方

写真俳句を良い作品に仕上げるためには、素材選びと写真の撮り方がポイントになります。お気に入りのカメラを持って、日常生活の気づきや驚き、発見をシャッターチャンスにしてみましょう。

写真の撮り方

まずは写真を撮ってみよう

写真俳句の主役は写真です。どんな日常の風景も切り取り方によって、生まれ変わります。例えば、きらめく光を感じた瞬間や風を感じた瞬間はシャッターチャンスです。

色鮮やかな花や食べ物、趣のある建物もいいですね。難しく考えなくても、とりあえず自分の好きだと思うものを写真で撮ってみるといいと思います。構図が定まらない時はためしにいくつか撮ってみて、あとで比べてみましょう。

写真を撮る場所もどこでもOK。旅に出るのが好きな人は、旅の風景写真と出会った人々が被写体になるでしょう。旅に出なくても、同じ通学路、とおり道であっても季節や時間帯によって空や影、草木など違った表情を見せてくれます。ちょっと回り道してみると新しい景色に出会えるかもしれません。

コツ 1

室内での写真撮影
フレーム次第で面白くなる

デジカメやスマホで写真を撮る時代、たくさん写真を撮っても後から消去可能です。気になる題材を見つけたら、フラッシュのオンオフや搭載されているモードを使用していろんな撮影を楽しみましょう。デジカメからWiFiを経由して写真をスマホに取り込み、すぐに作句することもできます。

コツ 2

スマホのカメラも高性能
チャンスを逃さない！

光学ズームレンズやデジタルズームを備え、デジカメと同じように望遠や広角の写真を撮ることができます。どこへ行くにも携帯しているので、散歩の途中でも、カフェの途中でも取り出して、気軽に撮影した写真を使えるのも写真俳句の魅力です。

コツ 3

写真へのこだわり
一眼レフを使って撮影する

一眼レフはレンズを交換して、望遠やマクロレンズなどこだわりのある写真を撮ることができます。動物やスポーツなどの決定的な瞬間をとらえることも可能です。安定感を持って撮影できる一方、レンズの分だけ厚みが出るので、重みが増します。

ワンポイント

写真を撮影する上での基本技術
決定的な瞬間を逃さない

どんな景色も花も人物も、その一瞬はその時だけのものです。光が変われば別の写真になるでしょう。決定的な瞬間を逃さないように普段からカメラを持ち歩き、写真を撮影する上での基本的な技術も学びましょう。

素材は身近なところにある

写真俳句の素材となるものは景色、花、動物、人物、空などなんでもあります。特別なところに行く必要はありません。室内であれば、美味しそうな食事でも、テーブルについた傷でも、何か物語が語れるかもしれません。
地面から天井までいろいろなところに気を配って、素材探しをしてみると意外なものが素材となりえます。撮った時には気がつかなくても、あとから見返してみると気がつくこともあります。
日常の気づきや喜怒哀楽をシャッターにとらえましょう。とはいえ、作句の良し悪しを決めるのも素材である一面もあるので、撮影の際には、構図や光の加減にも注意しましょう。

コツ1

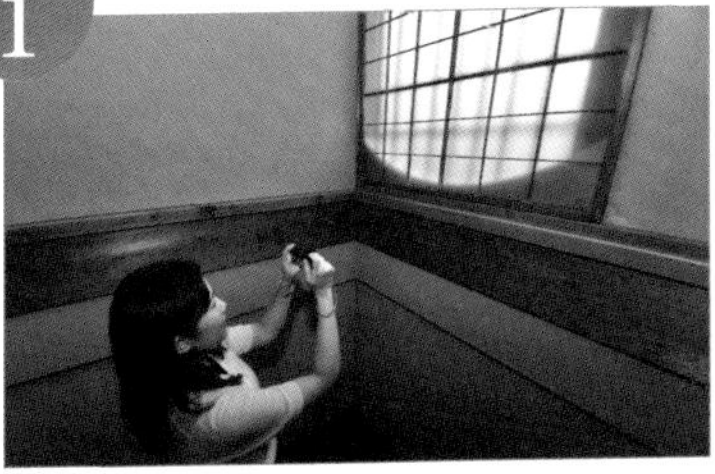

こんなところで撮影！？ 意外なところにいい素材がある

普段なら通り過ぎてしまいそうなところも、何かないかな、という目でみて歩いていると思いがけないものに興味を持つことがあります。気になる素材があれば、まずはシャッターを押してみましょう。たくさんシャッターを押すとベストな一枚が見つかるかもしれません。

コツ2

マクロの視点とミクロの視点 近寄って見ると違う景色

きれいなタイルがあります。マクロ(引き)の視点で見ると素敵な図柄です。一方、ミクロの視点で近寄ってみると、その色合いの組み合わせや色のかすれ具合、表面の凸凹に気がつきます。アングルを変えて撮ってみることで、新しい発見があります。

コツ3

写真スポット 驚きや感動は好素材になりやすい

写真スポットなど写真を撮るように設定されている場所は好素材になります。日常の気づきを大切にします。驚きや感動、気づきは好素材になりやすく、自然と言葉も生まれます。撮影場所では、遠くから見たり、近づいたり、自分なりの撮影スポットを探します。

ワンポイント

いただきます！ その前に一枚撮ってみる

食事の写真を撮る人はたくさんいます。食をはじめ、日常にも素材はたくさんあります。食の全体を撮ってみるのもいいですし、ある素材に注目して、アップで撮影するのもいいですね。食を前にした感動やその時の気持ち、そこから思い出されるものなど自由に考えてみましょう。

カメラを手に吟行に行ってみよう

吟行とは、句材探しに出かけることです。観光名所をめぐる旅行とは異なります。吟行に行くことで、季節を感じ、新たな素材に出会えます。例えば碑石などに書かれている言葉から新しい言葉を学んだり、即興で作ったりして、腕を磨くことができます。吟行はいつでもどこでも、誰とでも行くことができます。

一人黙々と句材を探すのもよし、仲の良い友人や親子で出かけるのも良いです。普通の俳句では季語が必要であるのに対し、写真俳句では写真に季語を語らせるという考え方もできます。季語を探しながら写真を撮るのもいいかもしれません。

自由な発想で、気になったものを撮影することをおすすめします。吟行から帰ったら、写真やメモを見返して推敲するのが良いでしょう。

コツ1

吟行に行くタイミング いつ、誰と行く？

吟行とは日常を離れて句材探しに行くことです。新たな素材がみつかります。一人で行くのもいいですが、気心の知れた友人と一緒に行くこともおすすめします。ただし、おしゃべりは控えめに。せっかくの句材を見逃してしまいます。

コツ2

目的地の決め方 名所でなくても良い理由

桜の時期には桜の名所、紅葉の時期には紅葉の名所に行きたくなるものです。もちろん、それもいいことですが、そうするとテーマに偏りすぎてしまう可能性があります。素材を見つけられそうな公園や史跡など歩き回れるような場所が良いでしょう。

コツ3

シャッターを押すタイミング 何を撮るか

ステキな被写体を見つけたらいつでもどこでもシャッターを押しましょう。ある時は風に揺られて被写体が定まらないことがあるかもしれません。そんな時は何枚か写真を撮ってみると良いでしょう。心が動くタイミングでシャッターを押すようにするといいですね。

ワンポイント

その場で作ってみる 同行者との即興句会も

その時の感動をすぐさま17音に当てはめるのは難しいかもしれません。単語でもいいのでメモを取ることをおすすめします。その際にはスペースを空けておくとあとで推敲に役立ちます。同行者と句を披露し合うのも新しいアイディアが生まれたり、観察場所の参考になったりします。

吟行の服装、持ち物をチェック

さて、吟行に行くことになりました。何を持っていきましょうか。堅苦しく考えず、ちょっとした小旅行気分で用意をすると良いでしょう。まずはメモを取るためにノートとペンが必要です。最近はスマホでメモを取ることもできるので、それぞれの得意な方法でOKです。とにかく身軽に、歩きやすい格好で出かけましょう。

見所が多いと焦点がぶれてしまうので、自分の興味をひく題材を見つけましょう。例えば夏の海辺では波紋や水面のきらめき、砂浜、監視員などいくつも題材が見つかります。

どれが写真俳句につながるかは分かりません。その場でしか得られない感覚を大切に、気になったものにはシャッターを押しましょう。

コツ 1

デジカメを持って出かけよう スマホカメラでもOK

写真俳句の写真を撮影するために、カメラは必須です。スマホカメラの利点は荷物が増えないことやその場で写真俳句をSNSにアップすることが可能なことです。一方で、画素数には限界があるため、写真へのこだわりがある場合にはデジカメなどカメラを持参すると良いでしょう。

コツ 2

吟行向きの服装 動きやすいシューズ選びを

服装は一張羅ではなく、リラックスできる普段着がいいでしょう。靴はスニーカーがベストですが、自分が普段から歩き慣れている靴で、長時間歩いても大丈夫という慣れた靴なら問題ありません。

コツ 3

ノートやペンなどの筆記用具 スマホでメモをとる人も

新しい発見やその時の感動を忘れないようにメモに取ることも大事なことです。雑誌の付録についているような、あらかじめ季語が記載されているノートは作句に便利ですが、自作のメモ用紙でも結構です。メモを取る際には行間を空けておくと良いでしょう。

ワンポイント

歳時記簡易版をお供に 言葉選びの本も参考に

季語を知るために、歳時記は大事なアイテムですが、吟行に持参するには重いため、季節ごとの携帯用の歳時記が便利です。また、どうしても自分の知っている語彙力から作句すると句が単一になってしまので、言葉選びの本や俳句に使われそうな類語例句集があると参考になります。

写真の撮り方ひとつで句が変わる

写真は写真俳句の重要な要素であり、写真の撮り方の基本を知っているかどうかで写真俳句の仕上りも変わってきます。ここからは撮影の基本をマスターして、より良い写真を撮りましょう。撮りたいものを意識してアングルを考えます。

被写体を中央に持ってくる方法や、画面を2分割する方法、3分割して線上や線の交わる点に被写体を置く方法、画面内の1点から放射線状に撮影することで奥行きを見せる方法、対角線に並べる方法など、色々な方法があります。

カメラによっては撮影ガイドのようにグリッドを表示させることも可能です。また、自分と同じ目線での撮影以外にも、動物の視点に合わせて低い場所で撮影したり、下から見上げたり、高いところから見下ろす撮り方も雰囲気が変わります。

構え方

デジカメは片手で撮ることも可能ですが、両手でしっかり構えて撮影します。構えが安定していると被写体がブレずに撮影できます。スマホも同じように両手で構えると安定します。縦横のアングルも作句の上では大事であり、縦と横と両方で撮っておくのもひとつの方法です。

被写体によって、カメラを横や縦に構えて画面をチェック。写真の仕上がりをイメージしましょう。

コツ 1

ブレない工夫
壁や台を使って固定する

空中でデジカメやスマホカメラを構えると、どうしても手ブレしてしまいます。手ブレしない写真を撮るために、壁や台を使って、固定して撮ることも方法のひとつです。台に置く際には、手前に台が映り込まないようにカメラを置く位置に注意しましょう。

コツ 2

三脚の使用
スマホ用の三脚もある

手ブレ防止のために、三脚を使用するのもひとつの方法です。三脚を使用すると安定します。タイマーを使い、自分を被写体として、入れることも可能になります。現在は、スマホ用の三脚も安価で購入することができます。

ピントの合わせ方

現在では、デジカメもスマホも自動でピントを合わせてくれる機能があります。被写体にピントを合わせたり、逆に背景にピントを合わせたりすることができます。ピントの合わせ方を理解し、それぞれのテクニックを使い分けて、自分の撮りたいものを撮影します。

画面の端にある被写体にピントを合わせるときは、カメラ機能を確認。

コツ 1

デジカメにおける ピントの合わせ方

機種により異なりますが、被写体に照準を合わせて、ピントを合わせます。現在では背景と被写体と両方にピントを合わせる方法、被写体にピントを合わせて背景をぼかす方法、背景にピントを合わせて手前をぼかす方法があります。

コツ 2

スマホにおける ピントの合わせ方

最近のスマホは優秀なので、大体が背景と被写体の両方にピントが合いますが、手前の被写体を認識し、自動でピントを合わせることもできます。背景にピントを合わせたい時は、画面に触れて、目的の照準を変更します。機種によって異なりますので、確認しましょう。

フラッシュの使い方

十分な明るさがある時は自然光で撮影します。室内や逆光など光が足りない時はフラッシュを使用します。フラッシュを使用することで、背景の明るさをそのままに被写体を明るく撮影することができます。

どのようなイメージにしたいかで、ストロボや自然光を使い分ける。

コツ1

レフ板の使用 誰でも美人に撮影できる!?

レフ板はプロのカメラマンがよく使用していますね。レフ板とは光を反射させる板のことで、レフ板を使用すると、光を集めることができ、影を和らげることでキレイに撮影することができます。100円ショップなどで材料を買って、自作することも可能です。

コツ2

スローシンクロ 夜でもキレイに撮影

シャッタースピードを遅くして、フラッシュを使用して撮影すると夜景と被写体がキレイに撮影できます。背景を明るく写しつつ、フラッシュにより被写体もぶらさずに撮影することができます。シャッタースピードが遅いので手ブレには注意が必要です。

ズーム機能を使う

広角と望遠で被写体にアプローチする方法があります。広角の場合は1画面の手前から奥までピントのあった写真を撮影することができます。人間の目で見るよりも広い範囲を撮影することができるので、より臨場感をもった写真になります。望遠は遠くにある被写体を大きく写す時に使用します。被写体と背景の距離感によって、背景が大きくぼやけ、被写体がより浮き彫りになります。

同じ被写体でも広角かズームかでは、印象が違うもの。カメラをアクティブに操作して試してみましょう。

コツ 1

ピントの捉え方
焦点の当て方によりメインが変わる

左の写真は被写体と背景と両方にピントが合っていて、全体的な写真として捉えることができます。一方、右のように被写体にピントを合わせることで、背景をぼかすことができ、被写体への臨場感が生まれます。

コツ 2

シーンモード
デジカメの機能を利用する

デジカメは自分で絞りやシャッタースピードを設定して撮影することもできますが、もともと備え付けのシーンモードを利用することで、簡単に雰囲気のある写真を撮ることができます。例えば、夕焼けモードでは、夕焼けの赤が強調され、スポーツモードでは、動きの早いシーンを撮影できます。

アングル　撮影の仕方

被写体に対してアングルを変えて、さまざまなアプローチで撮影することで、伝えられるニュアンスも変わってきます。全体を撮影することは基本ですが、平面的な画角となり、味気ない印象となります。とにかくいろんな角度から撮ってみると、意外な発見があるかもしれません。

前から撮ったり、後ろから撮ったり、あえて逆光で撮影するのも面白いかもしれません。

コツ1

シーンの切り取り 伝えたいことは何?

例えば、このように一部を切り取ると、全体で撮影するよりも、被写体にフォーカスが当たり、印象的な写真になります。見えない部分が想像を掻き立て、物語が生まれる瞬間です。余白を詠むというのは、写真俳句としていいテーマになるでしょう。

コツ2

角度を変えた撮影 全体的な画像でも動きが出る

全体を撮影していますが、正面からの撮影に比べ、斜めから撮影することで、写真に奥行きが生まれます。被写体の凹凸や影が加わり、動きの出る写真になります。被写体の表情も角度によって変わって見えます。

モード機能

デジカメには様々な撮影モードがあり、使い分けることで違った味わいになります。セピア系の色を使用すると全体的に柔らかい印象となり、ノスタルジックな雰囲気が出ます。一方で、カラーを際立たせるモードで撮影すると被写体をはっきりと見せることができ、ダイナミックな撮影ができます。

❶ハイキー

❷オールドデイズ

❸レトロ

❹ポップ

❺ワンポイントカラー

❻クロスフィルター

❼ソフトフォーカス

❽ジオラマ

❾トイフォト

❿クロスプロセス

①全体的に明るく、ふんわりと柔らかな雰囲気に仕上げる画像効果がある。

②光に包まれた柔らかく、懐かしい雰囲気をかもし出す画像効果がある。

③色あせた写真の雰囲気をかもし出した、柔らかい画像効果がある。

④色を強調したポップアート調の画像効果。

⓫ハイダイナミック

⓬インプレッシブアート

⓭ダイナミックモノクローム

⓮セピア

⓯ローキー

⑤モノクロ写真に特定の色だけを残し、印象的に強調する画像効果。
⑥光源からの光が十字状に輝く、華やかな雰囲気を描き出す画像効果。
⑦全体を少しぼかし、柔らかい雰囲気に仕上げる画像効果がある。
⑧周辺をぼかし、ジオラマ風に描き出す画像効果がある。
⑨周辺光量を落とした、トイカメラで撮影したような画像効果がある。
⑩意外な発色で、独特の雰囲気に仕上げる画像効果。
⑪暗いところから明るいところまで、全体的にバランスの良い明るさで描き出す画像効果がある。
⑫力強いコントラストで、現実にはない劇的な雰囲気を描き出す画像効果。
⑬コントラストを高めにし、力強いモノクロ写真に仕上げる画像効果。
⑭セピア色の画像効果がある。
⑮全体的に暗く落ち着いた雰囲気で、明るい部分を引き立てる画像効果。

撮った写真を推敲する

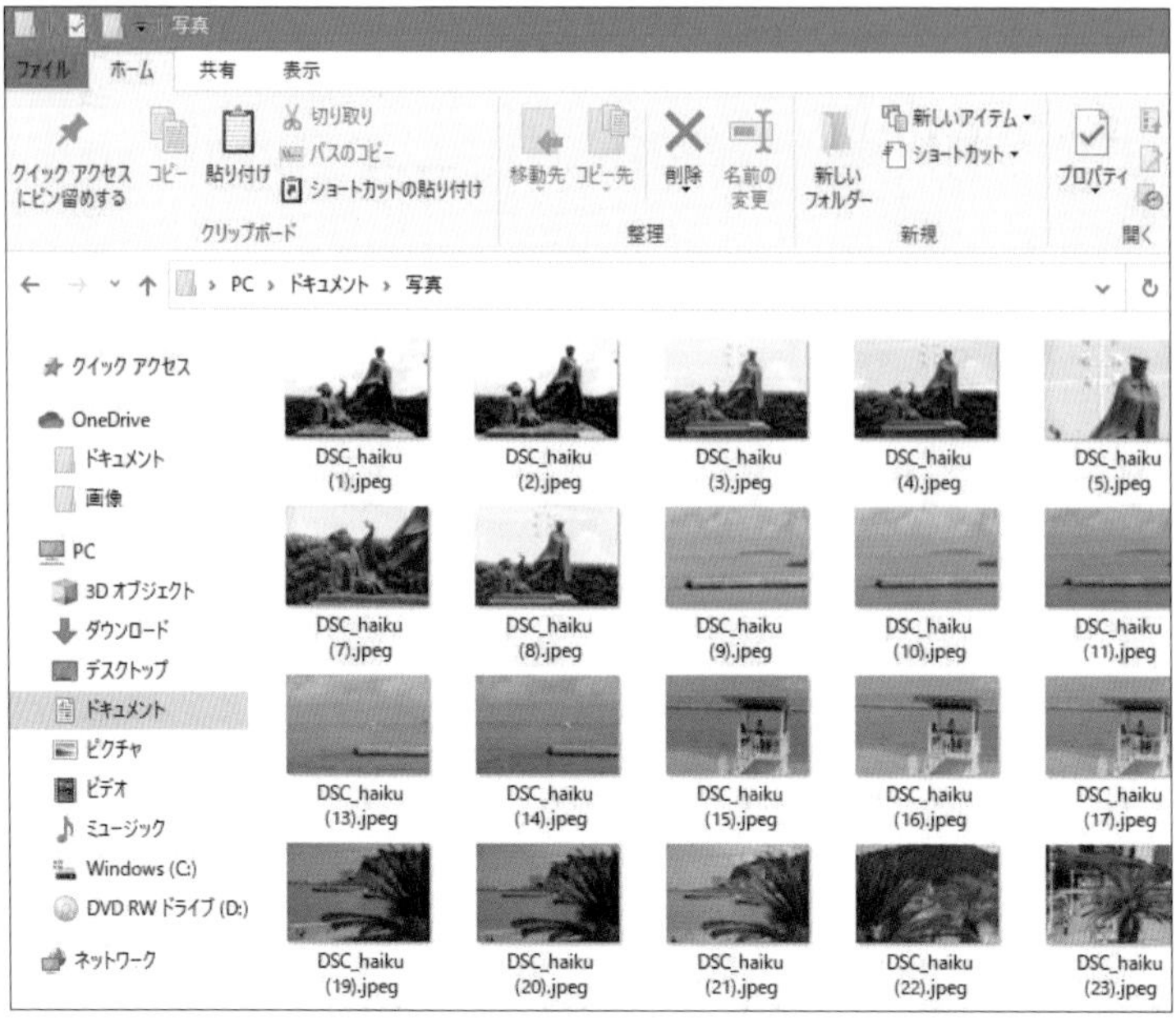

撮影が終わったら撮った写真を整理して、お気に入りの一枚を見つけましょう。

ほんの少しの違いで、印象が変わってくることがあります。デジカメもスマホも撮影した写真をパソコンに取り込んで、一覧で表示することができます。Windows OSの場合、サムネイル表示に、MAC OSの場合はアイコン表示とすると、上記のように、写真の縮小版のように表示されて、見比べやすくなります。写真を整理するアプリを使用する場合はそれぞれの設定を確認してください。

細かな違いは拡大して確認しましょう。写真選びのポイントは構図と配置です。写真を撮るときは近視眼的に見ているので、被写体を中心に見ていますが、一歩引いた目線で見ると光の加減や切り取ったタイミングにより印象が変わることがあります。これは！という一枚を選びます。

コツ1

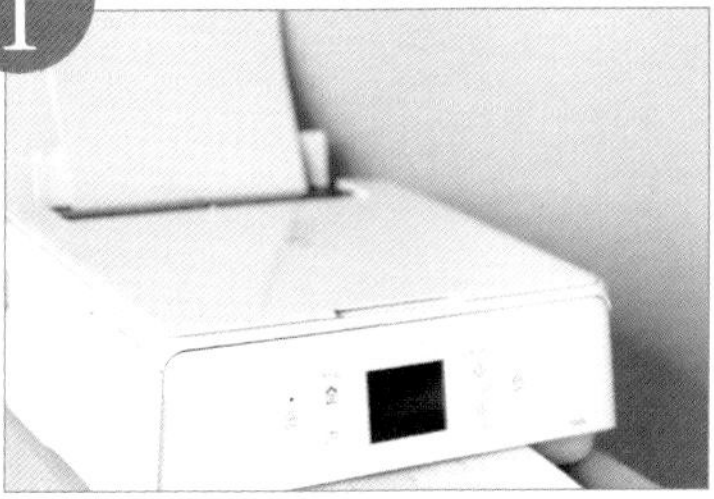

プリントアウト 並べて比べてみる

プリントアウトしてみることも方法の一つです。縮小版で一覧を印刷したり、実際のサイズで印刷したり、自宅で気軽にプリントアウトできる時代です。実際に印刷してみて並べ替えて見比べてみると、撮影時とはまた違った新たな発見があるかもしれません。

コツ2

加工してみよう 通常撮影とは違った味わいになる

いろんなモードやシーンで撮影することを書きましたが、撮影してから加工することも可能です。別のモードへ変更してみることで、しっくり来るものがあるかもしれません。色合いやフォーカスによって、語られる物語も変わってきます。

コツ3

トリミング機能 被写体をドラマチックに切り取る!

ただ漠然と撮影していた時には気づかなかった新たな気づきがあるかもしれません。作品のアングルに合わせて、またはフォーカスする被写体に合わせて写真を切り取り、メインを際立たせます。スマホでも編集画面から写真のサイズを変更したり、自由自在に切り取ったりすることが可能です。

ワンポイント

メモを見ながら イメージにあった写真を探す

先に写真を発見し、写真俳句を詠むパターンが多いようですが、順番に決まりはありません。吟行に出かけた時は、吟行先で見かけた句碑や説明からメモを取ったり、浮かんだ言葉を手帳に記し、イメージを掴みます。そのイメージに近い写真を探す方法もあります。

Column

仲間と一緒に写真俳句を楽しもう！

熱海市で写真俳句の会「熱海写真俳句撮詠物語」を運営する矢崎さんに、会の様子や仲間と共に創作する楽しさをお伺いしました。

2013年に発足した同会は、熱海市観光協会主催 熱海梅園「梅まつり」で行われた写真俳句ストーリーコンテストの支援に携わった同志でつくられました。地域活性化のひとつとして、熱海の名所をめぐりながら地場のものを食べ、写真俳句を作ろうというコンセプトのもと、月に一回の吟行と、その2週間後に句会を行うというスケジュールで活動をしています。

「吟行は皆で会話を楽しみながら景色の移ろいを感じ、新しい場所を発見する面白さも味わえます。撮影は何を詠むかテーマを考えながら、自分のオリジナル作品へ意識を集中させると良いですね。」と、矢崎さん。帰宅後、各自で撮影した写真をもとに句をつくり句会で発表をします。テーマが同じでも詠む句に違いがあり、感性や視点の個性が出るそうです。

句会では、各自A4用紙に写真と句を印刷した5作品を提出し、裏面の作者名は見ずに優秀作を5作品選びます。参加者は出品者であると同時に選考者にもなるのです。優秀作として多くの人から評価された作品は順に「天・地・人賞」と、3種類の賞を授与。自分の審美眼も試され、選ぶ喜びも味わえます。

矢崎さんは「写真俳句は、心と体の健康づくり」と話し、「仲間と一緒に創作することは自分の世界を広げること」と、教えてくれました。

創作の継続には、発表の場が大切ということで、毎月地元の熱海新聞に優秀作を掲載、またホテルミクラスの協力で会員の7作品を展示頂いているとのことです。そして、会主催での毎年の展示会、HP上で作品紹介や情報提供を行っています。共通の目的を持つ友と、多くの発表の場をもつことがより写真俳句作りを充実させる事となるのではないでしょうか。

第五章

写真俳句のたのしみ方

写真俳句をたのしむには、一体どのような方法があるのでしょう。自分がつくった作品をたくさんの人に見てもらうことで、創作意欲は必ずアップします。本章では写真俳句をたのしみながら上達するコツを探ります。

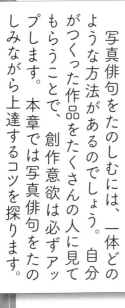

作品を発表する機会を知る

写真俳句を作ることに慣れてきたら、次の段階は、作品を発表していきましょう。写真俳句を人に見てもらうのはとても大切な要素です。他の人に鑑賞してもらうことで、自分では気づかなかった新たな発見があったり、アドバイスをもらったりすることができます。積極的に意見をもらうことで、ステップアップできます。

発表の場はフェイスブックやインスタグラム、ブログなどいろいろあります。SNSの利点は何よりもどこからでも簡単にアップすることができることです。吟行をしながら、ちょっとした休み時間にでも、投稿してみましょう。コンテストに応募して、自分の実力を試すのも良いでしょう。句集を作成して、世の中に発表することもできます。便利さや自分の好みに合わせて発表の場所を見つけましょう。

コツ 1

どんどん発信しよう！ 投稿により、輪が広がる

写真俳句を作っても誰にも見てもらえないことは、とてももったいないことです。自分から積極的に発信することで、手応えをつかむことができ、次の作品作りにつながります。同じように、いいなと思う作品に出会ったら、いいね！やコメントをして、ネットワークを広げましょう。

コツ 2

練習量は嘘をつかない 経験を積んでうまくなっていく

写真のアングルや季語の選び方など、最初はとまどうものです。上手な人の作品を見て、お手本にするのもよいでしょう。自分の中で推敲したり、上手な人のアドバイスを聞いたりして、自分の写真俳句に磨きをかけていきましょう。ほめられれば、作るのが楽しくなります。

コツ 3

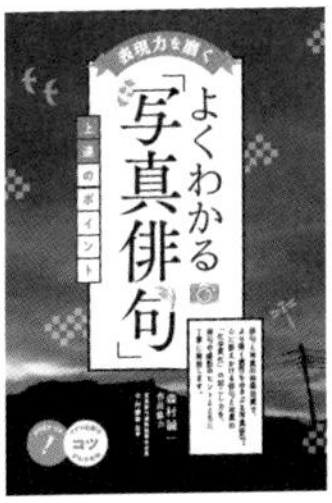

いつか書籍に！？ 書籍は無理でもSNSなら簡単

書籍などで出版することは憧れでもありますが、それなりの労力と費用がかかります。オリジナルの句集やコンテストの応募なら、躊躇せずに自信作を発表することができます。日常的には、SNSを活用し、定期的な発信を心がけると、いいね！やコメントなどの反応もつきやすくなります。

ワンポイント

写真俳句で検索 インスピレーションをもらう

ほかの人の作品を鑑賞することも大切です。アングルや言葉選びを参考にして、自分の創作のイマジネーションにつなげます。SNSの検索ワードで検索すると、様々な作品に出会います。気に入ったワードをフォローすると定期的に見ることができます。写真俳句のFacebookやInstagramもあるので、参考にしてみてください。

SNSを利用して作品を発表する

写真俳句ブログ
ログイン
会員登録
写真俳句
自由句
13分前
銀杏や次々と落ち一つ色
白うさぎ
1 1
51分前
秩父路の銀杏黄葉の明るさよ
白うさぎ
3 17 3
2時間前
通草下りる青き記憶を連れて来て
ヨシケイ
2 14 2
4時間前
朝案面酒は微酔に酔芙蓉
3 31 6
5時間前
身にしむや暮れるを待てず冷
救急車止まりし家の木犀香
鵯（ヒヨドリ）の啼けば野仏
秋川に心まかせの心地よさ

SNSを利用すると、手軽に自分の作品を発表することができます。各SNSの特徴を理解し、正しいルールのもと写真俳句を発表していきましょう。

フェイスブックは知人、友人、親戚や家族とつながることができ、写真俳句を共有したり、グループを作成することができます。公開範囲を自分で設定することができるので、友人のみや一部の知り合いのみの公開にすることも可能です。

インスタグラムは不特定多数の人へ向けて発信する場です。フェイスブックやインスタグラムはアカウントさえ作れば、写真と俳句を簡単にアップすることができます。＃（ハッシュタグ）をつけることで、検索されやすくなり、また他の作品を検索することもできます。いいね！やコメントをつけることも簡単で、自分の投稿に対する反応をすぐに見ることができます。

コツ 1

ブログの作成

ブログを作成することで、自分の作品をまとめて発表することができます。最近では、無料でホームページやブログを開設することができます。キーワードを設定しておくと、興味をもった人が訪問してくれます。FacebookやInstagramのような、ポピュラーなSNSで手軽に発表することもできます。

コツ 2

投稿後の反応は？ いいね！の数が励みになる

見てくれた人の反応がダイレクトにわかるのが、SNSの特徴です。いいね！の数やコメントを励みに投稿を続けていきましょう。見てもらうためには、関係のありそうなハッシュタグをつけると閲覧数が増えます。自分からも積極的に訪問して、フォロワー数を増やしましょう。

コツ 3

コミュニティへの参加 仲間と一緒に写真俳句を楽しもう

「写真俳句」をテーマとしたコミュニティサイトに参加することも有効です。SNS上の仲間と互いに写真俳句を披露し合い、コメントをすることができます。「写真俳句ブログ」は誰でも簡単に投稿できる写真俳句SNSコミュニティです。コメントを通じて交流を持つこともできます。

ワンポイント

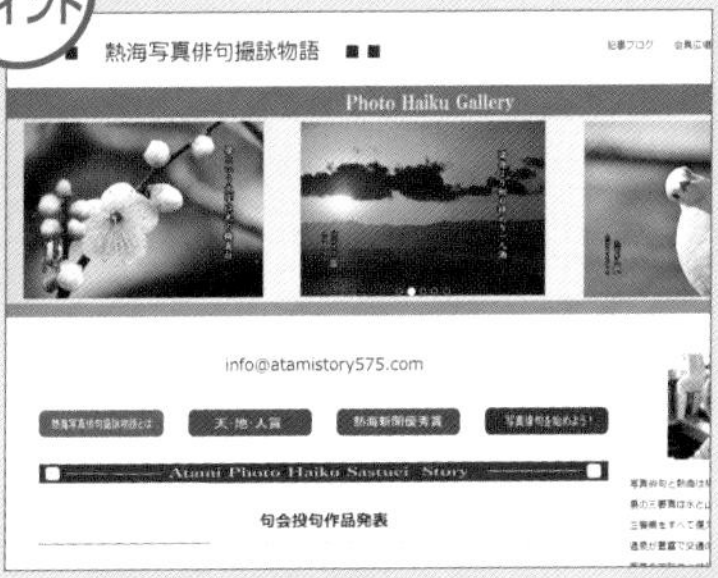

サークルへの参加 地域交流で新たな発見がある

地域で活動しているサークルへの参加では、写真俳句を作る仲間を見つけることができます。定期的な交流で上手な人からアドバイスをもらったり、一緒に吟行に行ったりすることで、作品の幅が広がります。

作品を形に残していく

そろそろ自信がついてきたな、と思ったら、作品を句集にして、たくさんの人に見てもらいましょう。写真俳句連絡協議会では、毎月「月刊写真俳句」を刊行しています。「月刊写真俳句」は写真俳句ブログを通じて、インターネットから気軽に応募できます。テーマは自由、写真俳句ブログに投稿している写真俳句も投稿できます。ただし、他のコンテスト、媒体での未発表の作品に限ります。

細かなルールは「写真俳句ブログ」のサイトを確認してください。「月刊写真俳句」の巻頭を飾るのは、森村誠一先生の作品です。森村先生と一緒に掲載されることもモチベーションの一つになります。出来上がった句集が手元に届くと感慨もひとしおです。

コツ 1

作品を形にする一歩
句集を作ってみよう

ある程度自分の作品ができたら、句集を作ってみましょう。WEBで簡単に製本化することができます。写真と俳句、その写真俳句の解説などを一緒に載せても良いでしょう。句集はその年の記憶となったり、旅の記録となります。定期的に作成して、並べて鑑賞するのも良いでしょう。

コツ 2

誌面での作品発表
自分の作品が広まるチャンス

コンテストなどで、投句して入選すると句集に掲載されます。千里の道も一歩から、まずは応募してそのチャンスをつかみましょう。

コツ 3

思い出を形に
趣味を別の形で昇華する

単なる写真で残すだけではなく、写真俳句とすることで、その場の空気や感情を伝えることができます。アルバムを作るシステムでは、言葉も一緒に添えることができ、写真俳句アルバムとして簡単に作成することができます。お気に入りのものはプレゼントしても喜ばれます。

ワンポイント

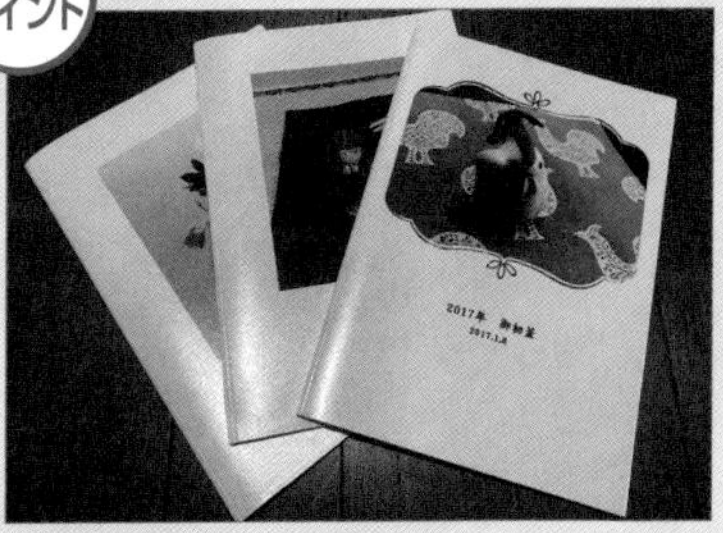

デジタル時代の句集
データとして残すことも

紙にはせず、WordやPDFなどのデータとして、句集とすることもできます。句集の体裁に決まりはありません。いくつかの作品をまとめてタイトルをつけたり、土地ごとにしたり、季節ごとにしたり、自分なりの方法で楽しむことができます。

コンテストは力試しと講評をもらうチャンス

●熊谷市役所ホームページより掲載

各自治体やメーカーが主催するコンテストへ参加することも写真俳句を続けるモチベーションの1つになります。熊谷市や松山市などでは、定期的にコンテストを開催しています。

コンテストでは、テーマに沿った作品や自由句を募集しています。応募された作品は審査員の審査を受けて、受賞が決まります。受賞作品はインターネットで公開されます。

作品作りのポイントとしては、テーマが決められていれば、当たり前ですが、それに沿ったものにすること、写真に映ったものをそのまま詠むのではなく、表現を変えてみたり、その写真から受けるイメージを大事にしながら作句すると、奥行きのある作品になります。その地方独特のものを取り入れるのも、その場所ならではの作品となるでしょう。

コツ1

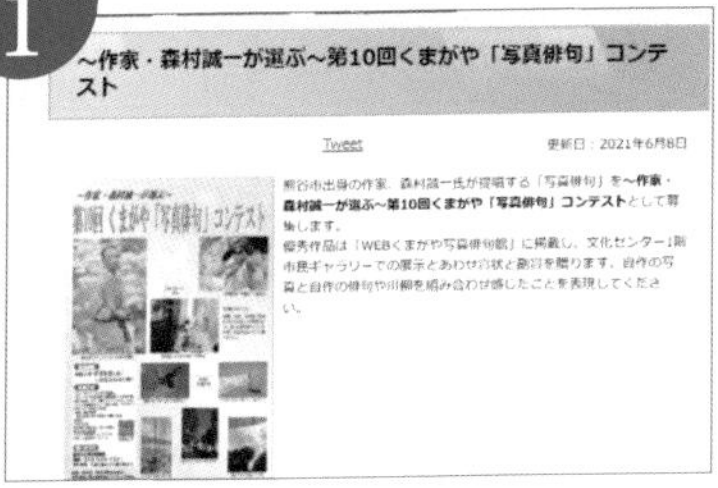

まずは参加！
チャレンジで道が開ける

コンテストに参加することは、自分の作品を評価してもらえる機会です。まずはどんなコンテストがあるか調べて応募してみましょう。コンテストへの提出を見据えて作品を作ることは気合いも入り、受賞すればさらにモチベーションが上がります。他の受賞作をみて楽しむことができます。

コツ2

講評をもらうチャンス
更なるレベルアップをめざす

自分の作品が選ばれるのは嬉しいもの。コンテストによっては、特選受賞作品に森村先生から講評をいただくチャンスもあります。アドバイスを受けてよりレベルアップできます。落選しても気落ちせずに。チャレンジすることに意味があります。受賞作を見て、次の機会に活かしましょう。

コツ3

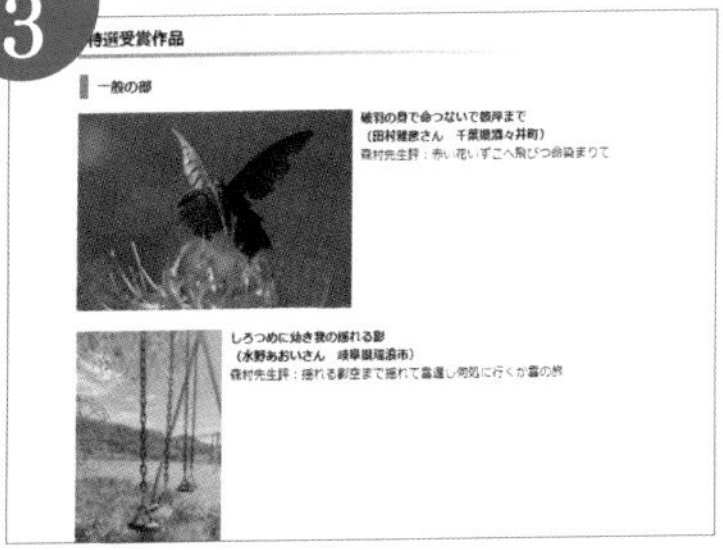

受賞作からヒントを
他の作品を鑑賞することが上達のコツ

コンテストで入選している作品や優秀な作品はやはり他とは違う味わいがあります。そのような作品を鑑賞して上達につなげましょう。コメントを見ることで、その作品の良い点が理解できます。いい作品を鑑賞することは勉強になり、刺激を受けます。

ワンポイント

主な写真俳句コンテスト

自治体や各種団体主催で写真俳句コンテストが行われています。詳しい募集内容については、主催者の公式サイト等で確認をしてみましょう。

（※五十音順。下記募集日程等は、昨年時のものを掲載。）

○くまがや「写真俳句」コンテスト
主催：埼玉県熊谷市
審査員：森村誠一・写真俳句連絡協議会・熊谷市立図書館
6月から9月頃に作品を募集し、12月に入賞発表。

○小松ビジュアル俳句コンテスト
主催：石川県小松市
審査員：森村誠一・黛まどか・織作峰子
8月から10月頃に作品を募集し、12月に入賞発表。

○瀬戸内・松山 国際写真俳句コンテスト
主催：松山はいく運営委員会、愛媛県松山市
審査員：森村誠一・夏井いつき
1月締切、3月受賞者発表。

○NPO法人HAIKU日本写真俳句大賞
主催：特定非営利活動法人HAIKU日本
季節ごとに募集。

写真俳句をさまざまなグッズに

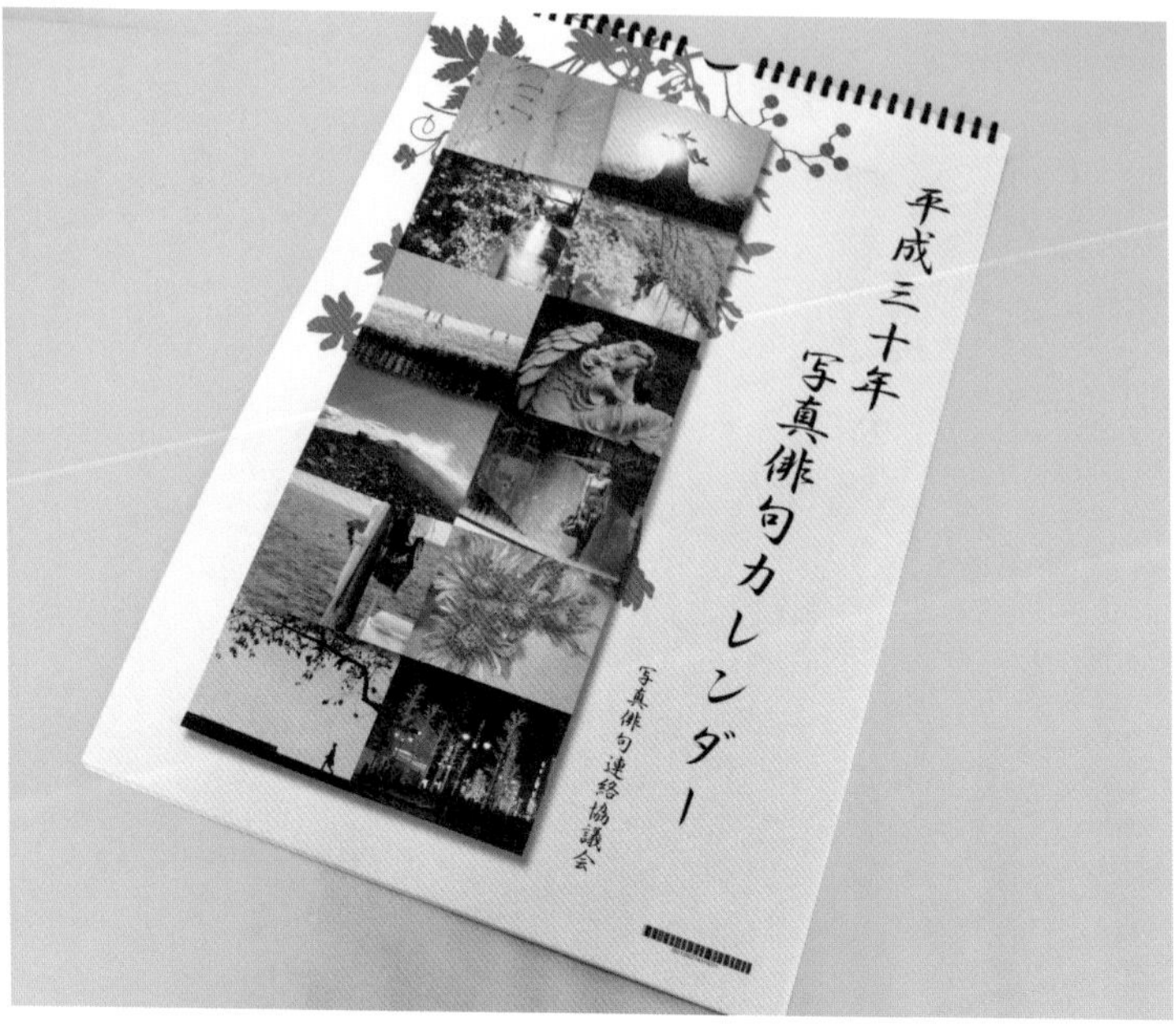

写真俳句の楽しみ方にはいろいろあります。自分の作品をカレンダーなど形にして楽しみましょう。目に入るもの、実際に触れられるものにすると、作品への愛着や自信にもつながります。作品は一点ものです。カレンダー以外にもマグカップやバッグ、クッションなどがあります。

現在ではいろいろなグッズをウェブ上で簡単に作ることができます。自分の好きなようにレイアウトすることも可能です。写真を加工したり、字体を変えたり工夫してみましょう。

グッズにしてみることで、写真の撮り方やアングルなど気づきがあるかもしれません。自信作はプレゼントしてもよいでしょう。形に残すことで、やりがいにもなりますし、次の作品作りへのモチベーションにもなります。

第五章

コツ 1

カレンダーを作成する
自分の作品を眺めて過ごす

季節ごとの写真俳句を集めて、カレンダーを作成します。卓上型や壁掛けタイプなど、さまざまな形のカレンダーを作ることができます。一度作ってみると、来年はどんな写真がよいか、想像をふくらまし次への作品作りにつながります。お気に入りの作品はプレゼントしても喜ばれます。

コツ 2

ポストカードにする
世界にたったひとつのカードで気持ちを伝える

すっかりメールの文化が定着していますが、手書きの手紙をもらうと嬉しいものです。旅先でポストカードを買うかわりに、写真俳句をポストカードにするのはどうでしょうか。他にはないたったひとつのカードです。もらった側も喜びます。季節ごとに自宅に飾るのも良いでしょう。

コツ 3

カップにする
写真俳句を普段の生活に

ウェブサイトで1個から作成することができます。デザインをレイアウトするので、少し手間がかかりますが、自分のお気に入りの作品でテーブルを飾り、リラックスタイムを過ごすのはどうでしょうか。日常使いすることで愛着がわきます。仲間と作成して、お互いに交換するのも良いでしょう。

ワンポイント

アイテム作りの注意点
どのような写真俳句を選ぶか

写真俳句をグッズにするとき、グッズによっては、写真が大きく引き延ばされます。写真の画総数が小さいと、荒い画像になってしまうので、注意が必要です。写真に目が行きやすくなるので、ダイナミックな写真を選ぶのがおすすめです。

写真俳句の世界は他者の作品を鑑賞することで、より深く広がります。本章では女流作家の斎藤牧子と本郷恵理の作品、くまがや「写真俳句」コンテストの入賞作品の一部を紹介します。

海

雁渡し
いにしえの白
とこしえの碧

本郷恵理

白波の
寄せて返すも
ここにあり

斎藤牧子

逸る手や
どこに紛れて
夏しらす

斎藤牧子

旅先の
香りを添えて
初便り

本郷恵理

君恋し
真珠と化して
春の夢

本郷恵理

水音に
消されもせぬは
茅潜

斎藤牧子

花

吾が声も
蜂の羽音も
君に寄る

斎藤牧子

虹消えて
現《うつつ》に返る
月曜日

本郷恵理

金色に
染まる横顔
鰯雲

本郷恵理

窓越しに
視線絡まる
夜半の秋

斎藤牧子

くまがや「写真俳句」コンテスト入賞作品

空蝉《うつせみ》の
地下の年月
語り合ふ

芳園

天国は
こんなところと
下見する

八十日目

胸を張り
わが街一番
あつい街

根岸智子

夕やけと
家ぞくつつんだ
海の風

増田瑛太

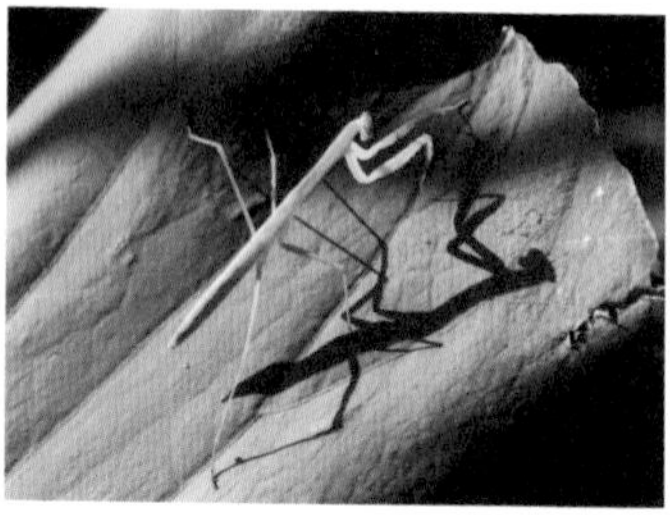

蟷螂《とうろう》や
姿《すがた》見《み》をする
蓮《はす》の上

田村雅彦

星川や
平和彩《いろど》る
師走《しわす》の夜

稲村光

星川に
揺らめく熱き
血《ち》潮《しお》かな

齋藤晶子

夏の海
キラキラかがやく
ソーダ味

多賀谷幸徳

破羽《はう》の身で
命つないで
彼岸まで

田村雅彦

しろつめに
幼き我の
揺れる影

水野あおい

星川に
ひとりぼっちの
秋の月

齋藤晶子

暮の秋
悩み聞きゐる
大き耳

堀ノ内和夫

タイ結ぶ
爺から孫へ
入学祝い

河邊知美

天敵に
追われ子つばめ
仮住まい

半田ヒデ

軒先に
目隠し代わりの
柿簾れ

半田充右

梅が香を
煮つめる藍や
星を溶く

二〇〇五年春、ホームページで散歩の産物である俳句に写真を添えて掲載した。ここから私の写真俳句は始まった。それ以来、写真俳句は耳目を集めた。スマホやSNSの普及とともに、気軽に始められる趣味として写真俳句人口は拡大してきている。こうして写真俳句が関心を集めていることは、提唱者として非常に嬉しい。

写真俳句を楽しむと、身のまわりの世界が新たな色彩を帯び、人生の奥行きと幅が深く広くなる。これからも長い歴史と伝統に磨かれた世界の最短詩形文芸と文明の最先端機器が合体して、新しい表現世界が広がっていくであろう。

本書の刊行に関して、中村廣幸氏、斎藤牧子氏、本郷恵理氏、浅野博久氏の協力に感謝する。

そして、写真俳句を世に送り出してくれた故・芝田暁氏に感謝の意を表する。

森村誠一

作品協力

森村誠一　（もりむら・せいいち）

1933年埼玉県生まれ。青山学院大学卒業。10年に及ぶホテルマン生活を経て作家となる。1969年『高層の死角』で江戸川乱歩賞、1972年『腐蝕の構造』で日本推理作家協会賞を受賞するなど社会派ミステリーの第一人者として活躍する。2004年日本ミステリー文学大賞、2011年『悪道』で吉川英治文学賞を受賞。推理小説、時代小説、ノンフィクションまで幅広く執筆するなど著作数は400作を超える。2005年に出版した「写真俳句のすすめ」で写真俳句の提唱者として広く認知される。写真俳句連絡協議会の名誉顧問を務め、写真俳句の普及と後進の育成に取り組んでいる。

公式サイト：https://morimuraseiichi.com/

協力

埼玉県熊谷市　https://www.city.kumagaya.lg.jp/

ダンクセキ（P108句集、P112カレンダー印刷）　https://dank.ne.jp/

熱海写真俳句撮詠物語　https://atamistory575.com/

タカオカ邦彦

※作品とエッセイの一部は、『写真俳句のすすめ』『写真俳句の愉しみ』（株式会社スパイス）より転載。

監　修

写真俳句連絡協議会

会長　中村廣幸

写真俳句連絡協議会は写真と俳句、川柳など五七五と組み合わせた表現文芸の普及、および写真俳句を楽しむ個人、団体の情報集約、共有、発信を目的として設立。

名誉顧問に写真俳句の提唱者森村誠一氏を迎え、写真俳句を楽しむ方々の交流、各地で開催されているコンテスト情報、団体、自治体への講座提供など写真俳句の普及に取り組んでいる。

https://shashin-haiku.org/

斎藤牧子

写真俳句連絡協議会　理事　写真俳句作家

10代からアメリカで過ごす。帰国後、大学院で美術史を専攻。また森村誠一に写真俳句を師事。写真俳句連絡協議会に所属し、写真俳句の普及と各地の写真俳句コンテストの審査員を務める。男女の機敏を写真俳句とエッセイで表現した作品を発表している。

公式サイト：吟行恋句～斎藤牧子の恋する写真俳句

https://saito-makiko.com/

（第二章、第三章 執筆担当）

本郷恵理

写真俳句連絡協議会　理事　写真俳句作家

祖母の影響で俳句をはじめる。学生、社会人を経て、写真俳句コンテスト入賞時に森村誠一から高く評価され本格的に写真俳句に取り組む。写真俳句連絡協議会に所属し、写真俳句の普及と各地の写真俳句コンテストの審査員を務める。国内外の旅の風景や日常を詠んだ作品を発表している。

公式サイト：吟色想句～本郷恵理の旅する写真俳句

https://giniro-soku.com/

（第四章、第五章 執筆担当）

表現力を磨く
よくわかる「写真俳句」上達のポイント

2021年10月30日　第1版・第1刷発行

作品協力　森村 誠一（もりむら せいいち）
監 修 者　中村廣幸（なかむら ひろゆき）
発 行 者　株式会社メイツユニバーサルコンテンツ
代表者　三渡　治
〒102-0093東京都千代田区平河町一丁目1-8
印　　刷　三松堂株式会社

◎『メイツ出版』は当社の商標です。

©ギグ, 2021. ISBN978-4-7804-2525-3 C2092 Printed in Japan.

ご意見・ご感想はホームページから承っております
ウェブサイト　https://www.mates-publishing.co.jp/

編集長:堀明研斗　企画担当:清岡香奈